桃花水母

王画意

——

著

海峡出版发行集团

福建教育出版社

图书在版编目（CIP）数据

桃花水母 / 王画意著. —福州：福建教育出版社，2017.6
（2017.11 重印）
ISBN 978-7-5334-7661-8

Ⅰ. ①桃… Ⅱ. ①王… Ⅲ. ①散文集－中国－当代
Ⅳ. ①I267

中国版本图书馆 CIP 数据核字（2017）第 044531 号

Taohua Shuimu

桃花水母

王画意　著

出版发行	海峡出版发行集团	
	福建教育出版社	
	（福州市梦山路 27 号　邮编：350025　网址：www.fep.com.cn	
	编辑部电话：0591—83779615	
	发行部电话：0591—83721876　87115073　010—62027445）	
出 版 人	江金辉	
印　　刷	福州泰岳印刷广告有限公司	
	（福州市鼓楼区白龙路 5 号　邮编：350003）	
开　　本	720 毫米×1000 毫米　1/16	
印　　张	12.25	
字　　数	181 千字	
插　　页	2	
版　　次	2017 年 6 月第 1 版　　2017 年 11 月第 2 次印刷	
书　　号	ISBN 978-7-5334-7661-8	
定　　价	28.00 元	

如发现本书印装质量问题，请向本社出版科（电话：0591—83726019）调换。

目　录

自 序

　　多年前的一次学校秋游，或许是春游，去的是苏州白马涧，我在那里的一条小河旁看到了桃花水母。

　　记忆里，未到河边就看到有关桃花水母的介绍指示牌，沿着指示牌一路走到河边，以为观赏区是在河里，却看到临水搭建了几个密闭的水族箱，透明的玻璃容器里浅浅盛了水，里面漂浮着很多微小的细弱的生物，那便是桃花水母。我只在电视《动物世界》里看过海洋水母，硕大的、美丽的、剧毒的水母，在阴暗的深色海洋中散发出带有死亡气息的诡异蓝色，所以以为桃花水母也是这样，即便是淡水生物，也至少是浴帽大小吧。至于它有这样美丽的名字，必定是有桃花一样妖媚的粉色，深浓娇柔，是勾人魂魄的毒物。

　　一看完全不对。

　　桃花水母不像我想象的那么大，也不是深粉红色，张开的一瞬间却让我明白了这个名字的含义，原来它展开身躯时，从上方看如一朵小小的四瓣桃花。薄薄的近乎透明的身体内开出这样一朵小花，实在是精妙无比。玻璃容器内有十几只桃花水母，飘飘浮浮悠然自得，像几十朵小桃花洒在溪面上。

　　原来桃花水母这个名字，不是取桃色的妖异，而是取桃花的清新灵动。

　　这让我瞬间觉得亲切起来，因为我想到小时候乡下河边的大桃树，每年早

1

春就颤巍巍在料峭春风中开出一树桃花，争了个早春，却到底耐不过春日变化无常的天气，一两场冷雨过后就只剩下花蕊。桃树是在河旁，前面是外婆家洗刷碗筷的岸口。那时候河水还很清澈，我常常蹲在洗碗的外婆旁边，看她麻利地洗刷着。偶尔有桃花花瓣飘过来，薄薄的粉色，粘在白底蓝花的粗瓷碗上，外婆挥挥手，花瓣就飘走了。因为太近，所以落下的花瓣飘过来时还是新鲜美丽的，再往下游走，就不知道它们命运的所向了。

那时候我大概四五岁，不会超过六岁。因为我记得，从上小学起，门口的小河就不再清澈了，没有暗褐色的梭子鱼，哥哥们也不去小河里游泳，当然，外婆也不再去岸口洗碗。再后来，桃树就在某一年的春天被雷劈中，整个儿塌了，第二年抽新芽没多久，那块地方要沿河建仓库，用水泥封地，封了个彻彻底底。

我因此对桃花有着深刻单纯的感情，那棵桃树极为普通，并不是如今流行的观赏桃花，它只是普通的、到夏天会酸掉牙的小青果儿的桃树，只是因为年代久远，不论何时都郁郁葱葱，春天开花的时候真是千朵万朵压枝低。远远看去恍若流虹，灿烂之极。桃树开花早，一个暖和的早春就盛开了，却维持不了多久，想来桃花是最爱东风的，即便是短暂，也要争个第一，我小时候却只觉得傻。

后来我看过很多描写桃花的诗篇或文章，极美的有《红楼梦》里的桃花词，柔弱悲伤，是庭院里的桃花，美则美矣，不是我心中河边的桃花。极喜欢《赠汪伦》中"桃花潭水深千尺，不及汪伦送我情"一句，因为有流动的生命感。我一直不知道桃花是指潭名，始终想象成桃花临水飘下，潭水深不见底，岸边是那位潇洒倜傥的诗人。李白记的是汪伦的友情，因为桃花，让我感觉汪伦是朴实亲切的形象。

最喜欢的是胡兰成《今生今世》开篇写的桃花，顶头一句"桃花难画，因要画得它静"。好个"静气"，我顿时懂得胡兰成对桃花的彻悟了，想必盛开在胡村田埂上的桃花，也是和我儿时河边桃花一样的亲切朴素，又静气清丽吧。

桃花水母弱小透明，在水里飘飘浮浮，宛如记忆中的桃花花瓣活了过来，一样的生动， 一样的明丽， 是桃花的灵魂， 是落红变成了的精灵。

玻璃器皿边上的指示牌介绍， 桃花水母是濒危物种， 是一级保护动物， 是"水中大熊猫" ……我全然没有记住， 我只知道儿时的惆怅结成了美丽的精灵， 有了活的灵魂， 从此不必落花无去处， 可惜我却再也触摸不到。

这几十篇小文章有写童年的散文， 也有小说， 也有些是阅读或观影的感受， 都是人生里最琐碎细小的感触， 是最为朴素简淡的事物。 这些小记忆如同散落的桃花花瓣， 在水中倏忽一下就不见了， 我将它们写了下来， 为了让它们合起来变成一只一只的桃花水母， 在有灵魂有生命的世界里继续生活下去， 即使我再也没有找到那可以重温和触摸的手段， 我依然可以站在水边， 看那些精致美丽的小精灵渐渐散落在人生的河流里。

丙申年夏， 是以为记。

四喜杂忆

夜
市

　家乡 N 镇上的夜市，我去过一回。

　　N 镇是个太小的地方，所谓夜市，不过是卖菜谋生的人在入夜后又一轮的工作场罢了，在白天的菜市场后撑起红蓝相间的尼龙布，隔成一块块小铺子，上头悬着瓦数很大的灯泡，强烈的橘黄色的灯光照在这狭小的空间内，让人蓦地产生一种身处烤箱的感觉。菜市场是类似大型仓库一般的建筑，里面常年充斥着生肉、鱼腥、各式蔬菜和卤味摊子的味道。阴暗潮湿的墙壁上沁满水汽，脚下的石灰地面终年潮乎乎的。整个 N 镇的人家，天天就从这个菜市场买菜回家做饭。

　　夜市想必是无照经营，所以也不好借用菜市场的地方，一到晚上，菜市场后的空地上边影影绰绰支起无数帐篷铺子，空地也不是完全平坦，有些铺子倚靠着施工场地，高高低低，唯独橘色明亮的灯光是一致的，远望过去一片灯火辉煌。无数尼龙布搭建起来的小空间排列成拥挤而整齐的群，高低不平，从近处蔓延到远处的高地，像是凌空出现的神迹，犹如动画《千与千寻》里面那个神仙浴室的所在地。

　　我在小学的时候随父母去过一次，也不是要买什么东西，纯粹是想看个热闹。去了后大人们嘀咕，和大排档没什么两样嘛，可不，就铺子搭建的方式和材料上来说的确是一样的，但大排档和这些鳞次栉比的小铺子一比，就显得宽敞大气多了，有桌子椅子，四面还拉满了防风防雨的尼龙布。这些夜市小铺子挤成一团，摊开八仙桌那么大的地盘，卖些小东西，发饰镜子之类女孩子的用品，做工粗糙，塑料的梳子外模糊地印着"假代言"的明星。一看我放下手中物品，小贩马上起身，拉着我往里面看。呵，还真是别有洞天！原来那八仙桌大小的摊位也限制不住小贩们的聪明机灵，除了横向空间利用，纵向的空间也利用了个满满当当，小饰品轻巧，便从上部垂下几条长条尼龙布，上面挂了许多饰品，从上到下流淌着珠光宝气，虽然细看下都是粗糙之物，但在那暧昧浓稠的橘色灯光下，饰品上的水钻或玻璃折射出炫目的光彩，显出一种虚妄而遥远的力量来。还有的摊子卖儿童用的储蓄罐，大大小小的金猪银猪，磨砂的表皮粗糙不平，闪着劣质的指甲油一般的光泽。比起来陶瓷的储蓄罐就可爱得多，明亮的色彩勾勒出笑脸和眉眼，不管是人物形象还是动物形象，都胖乎乎的，友善地笑着。

后来我们在一个摊子上买了一只小书包，明亮的橘色，斜挎包的带子上印着猫咪。因为我自己走着去学校要经过马路，妈妈说书包颜色醒目，来往的司机容易看到。那只书包我用了很久，直到防水布破裂，露出白色灰色的内衬来。

现在想起来，那只小书包做工粗糙，颜色恶俗，不明白为什么当时会毫不介意地用了那么久。想来当时校园里用斜挎包的学生还是少数，大部分又是男生，我背着它上学，经过马路时，总是想象自己是英姿飒爽的女斗士，鲜艳的书包就是斗士的盾牌，用来抵挡来往车辆的威胁。

高考后的暑假和好友结伴去厦门旅游，夏季闷热的夜里，从空气污浊的公交车下来，我们又进入了空气同样污浊，却无比吸引人的夜市。厦门的夜市比较有规模，不像我小时候看到的那般简陋，沿街走看到有推车卖水果和冷饮的摊子，还有坐在长椅后面摇着蒲扇卖明信片的小摊贩，而烧烤摊子永远是忙得不可开交，惨白的强烈灯光下，热腾腾的油烟喷薄而出，直飘到蓝色的天幕上去。

我和好友是吃饱了去逛的，看着烧烤摊前站着大吃串烧的人们，额头上闪着晶莹的汗珠。烧烤的香味和各种调料味刺鼻的香，侵略而热烈地包裹着游人和刚下班的人们，这一切让我心里漫上一种朴素的喜悦。

实惠莫若夜市手推车上的芒果，皮薄肉多的新鲜芒果暗暗散发出成熟的蜜味，又甜又腻，像肌肤丰盈的女子。挑选好后，小贩三下五除二帮你削皮切块，盛在盒子里带走，味道极鲜美，却不过十多元钱。

大学门口有美食街，全是临时搭建的小铺子，上级来检查文明城市时便全销声匿迹，待到风头一过，照样人流如织。或许是因为食堂的菜太过单调，一到傍晚美食街就被挤得水泄不通，买吃的买喝的，拿快递的，复印文件的……来来往往都是些年轻稚气的脸。常年不变的几个摊子前永远是人头攒动，在傍晚急剧暗下来的天幕下，这一片寒酸又热闹的夜市显得极有活力。没有人在乎脚下有多少吃过后乱扔的签子，面饼摊子的老板或老板娘永远一手接钱一手做饼，烧烤摊子的油更是极为浑浊，就连音像店外放的音乐也嘈杂不堪，空气中弥漫着过剩的荷尔蒙，从冬到夏，一刻不停歇。

春夏之交，学校旁的夜市最有活力。慢慢苏醒的不仅仅是天气，还有无数青年身体内的力量。天色暗下来的时候颜色最美，是清澈透明的深蓝色，还不够晚，看不到一颗星星，但夜市已经苏醒，大大小小的摊子开始忙活起来。这时候往夜市走上一圈，就能感受到人们为了生活而日夜忙碌的气氛，以及那种大热闹到来之前的紧张准备，卖肉夹馍或是火炉饼的摊主开着改装后的电瓶车来了，电瓶车上装有煤气和炉子，还有各式器皿，打蛋切菜一样不落。麻辣烫摊子前，老板娘拧开头顶的小灯泡，开始仔细切起了豆腐和肉片，一会儿，这些食材的香气就会弥漫至整条街。当我离开夜市时，仰头看着路边高高的路灯，油烟气磅礴迷离，将路灯笼上一层迷纱。这往往给人一种两个世界交界口的恍惚之感，身后是热闹非凡的夜市，前方是寂静的学校。摊子前的学生，买完后就回学校，那些摊子后的人呢？在收摊后，在忙碌热潮终于过去后，他们又会去何方呢？这似乎是两种完全不同的世界，两种完全不同的人，却在这热闹的夜市相遇，成全了各自的生活，这夜市再往后发展，会变成什么？没有人去想，或许只能拿着手中的食物，挤过熙熙攘攘的马路，隐没在愈发浓重苍茫的夜色中。

美的玻璃碎片

　　我小时候非常粗心，性格大大咧咧，做事更是马虎，"找不同"这样的数学题总让我觉得头疼，但我对感兴趣的东西却有着特殊的热情和执着。如我喜欢五彩的玻璃碎片和建筑用沙里隐藏的小白贝壳，它们在我的眼里都是宝藏，所以我走路常低着头，不放过任何一个寻宝的机会。只顾低头不看前方毕竟很不好，家人也担心是否会养成"捡了芝麻丢了西瓜"这样的性格，而我却依旧无忧无虑，也不知道美的概念，只知道喜欢或不喜欢。直到一天，我突然意识到这个世界的美，当然不是陈子昂"念天地之悠悠"这样恢弘博大的感受。我向来缺少对大境界的美的领悟力，登高山后看到山雾缭绕，旁人皆叹鬼斧神工，我只顾抱怨腿脚劳累；我也不会欣赏大海的壮阔，相比起来反倒是小鱼小虾更让我觉得亲切可爱。我对方寸之内的美有异常灵敏的感受力，所以喜欢零碎的小物件，景致也是小的好，移步换景的苏州园林最合我意，日式的茶室也让我觉得欣喜。我喜欢的是生命里小小的玻璃碎片，记忆就是光源，透过那些玻璃碎片我得以窥见岁月五光十色的姿态，并拼凑成属于我的小世界。

（一）肥皂

我喜欢肥皂，也喜欢买肥皂，光是握着时那份沉甸甸的质感也让我喜欢，摇一摇纸盒便发出悦耳的摩擦声，香气透过塑料袋和硬纸盒散开来。用来洗衣服的大块肥皂散发着朴素的清洁的香味，回忆里母亲洗了衣服或床单，挂在院子里的长绳上，日头炙热，阳光下弥漫开这种清洁的肥皂味，和洗衣粉或洗衣液的味道都不一样：洗衣粉的味道是生硬的香，有些故作姿态的毛躁，让人不适；洗衣液则是滑溜溜的故作媚态的香，很讨喜却总让人心里觉得腻，似乎永远洗不干净。而大块的肥皂的憨厚的香味，朴素又淳朴，让人觉得踏实。晚上睡觉的时候，晒了好久的被子和枕头散发让人舒适的温暖味道，除了阳光，我心里总觉得还有洗衣皂的功劳。

就像家家户户都有洗衣机，所以洗衣皂大有被洗衣液取代的情况一样，沐浴皂也有类似尴尬的处境，尽管低眉顺眼地做出了许多改进，如各种各样的香味啦，各种功效啦，还有走高端路线的在里面添加牛奶或羊奶；但"香皂"这个词儿本来是指洗脸沐浴的肥皂的，旧时代的小说里，一个每天用香皂洗脸的人是很体面的，对清洁的要求是身份的象征。《红楼梦》里贾宝玉洗脸也是用肥皂，即使他心里是想用史湘云用过的残水来洗脸的。印象里读过不少以乡村为背景的小说，里面总有个外面来的高瘦白净的男子，不是教书先生就是医生，在全乡人的注目中飘飘然存在着，乡下人称之为"那个每天用肥皂洗脸的先生"。香皂一开始似乎是种奢侈品，只用来洗脸，即便是可以用来沐浴也不必详细记载，可能那时候脸和身子的清洁差距太小，远不如现在分得那样细致。那时候有"洗衣皂""洗脸皂"的分别已是很奢侈的了。

我小时候怕水，也讨厌洗澡，每次洗头发最害怕最后举起一瓢水从头冲下来的一刻，似乎整个世界都黑了湿了，与世隔绝般的恐慌。而我死死闭着眼睛，全身因恐惧而僵硬万分。每次都要母亲哄着"高山流水"，才肯勉强闭上眼睛来一次，绝不愿意冲第二次。我也讨厌洗澡，每次都是胡乱冲洗一番，力求快，肥皂比沐浴露方便，也不用拿着黏糊糊的网状球打泡，我对它很有好感。长大后反而喜欢起水浸润皮肤的感觉，也会享受泡澡的快乐了——大缸温热的水里放上一点点香薰，看着腾腾的水汽飘然而上，在浴霸橘色的灯光下宛如仙境。不过这自然是在家闲时的奢侈之举，大部分时间里，我仍是匆匆忙忙，不管是肥皂还是沐浴露都力求快，和小时候别无二致。只是小时候是因为恐惧，而现在是因为忙而不得已，所以沐浴皂给我的印象就像勤劳节俭的中年妇人，永远任劳任怨地做着基础而简单的清洁，味道是自带的爽朗的柠檬或是薄荷，如今有许多肥皂做成靡软的薰衣草或夜来香的味道，我总觉得不相宜，如同勤劳朴实的中年妇女为了参加一个所谓上流宴会而匆匆喷上了香水，不仅怪异，也显得非常谄媚。

至于现在流行的手工皂，种类缤纷，我小时候未见过，故对它们并无特殊的回忆，我不用这类肥皂洗脸，携带不方便，使用也不如洗面奶方便，但我喜爱那彩虹一样的色彩——不，甚至比彩虹还细致斑斓，形状也让人喜欢，大的小的，朴实的纤细的，像储存记忆的小玻璃罐子，就算是随意摆放在柜子里都美得不可方物。我像欣赏艺术品一样欣赏它们，觉得像彩虹不小心碎在了人间，还带上了大自然百味的香。有一次在香港地铁里路过这样一个手工肥皂店铺，那是香港罕见的一个较冷的冬天，鼻子似乎冻麻痹了，就是路过爆米花摊子也只是木然。我在远处并没有意识到这肥皂店，走了几步，在一个拐角处倏然柳暗花明——彩虹一般的店铺像童话里的城堡一样突然出现，似乎为了显得低调，怕被地铁里匆匆过客发现它童话城堡的身份，所以施了个小小的魔法——整个小店被半透明的茶色玻璃笼罩，再鲜艳夺目的颜色也加了个低调的滤镜，仔细看去却更显优雅，宛若美人蒙了半透明的深色面纱，细看反倒是增添其魅力。我看那肥皂店铺，虽小却很精致，香气源源不断地从开着的门中散出来，混杂着无数细小的香味，细嗅可以分辨出几种强烈独特的香味，玫瑰香，茉莉香，香蕉香味，合起来却是一种暖暖的，浮动的香气，当下脑海里只有"暖昧"二字可以形容。便是这点香气好过颜色，斑斓的色彩混合在一起就是极难看的肮脏的深色，而香气混合至多是有些过于浓郁厚重，稀释即可，不至于让人不适。忽然想到春天的气息也是这样躁动暖昧，或许是开的花太多，香味太繁杂，一混合就成了这般浓厚而暖昧的香味。这家店美中不足的是敞开着的门上挂了密密麻麻的干花束，墙上还有装腔作势的书模型，实在是画蛇添足。

近几年的化妆品中常有新概念，如"洁面皂"，我以为是什么新奇的玩意，一看就是洗面奶，仔细想也无甚不妥，只是我已形成思维定势，说到"皂"就觉得必定是硬的块状的，小时候的肥皂代表着实用，现在的肥皂虽使用数量不如之前多，但创新后用途却大大增加，虽不乏为了防止被淘汰而想出的俗套的改变，但也有不少是非常大胆有创意的想法，如今精美的肥皂可以被用来做礼品，一些 DIY 店铺甚至还有专门鼓励人们亲手做肥皂的，加入自己带的牛奶，选择喜欢的味道，操作起来也很简单。最重要的是，亲手做的东西有心意在里面，所以年轻情侣之间常作为礼品赠送，很有意思。

（二）面包店的老板娘

反季节的水果蛋糕往往味道不佳，为了卖相还不惜做上些手脚，模样周正的水果上抹一层厚厚的红色糖浆，让人看不分明，味道也极甜，吃不出水果本身的味道。三四月份，草莓和芒果都正是当季，门口的面包店里应景摆出了各式水果糕点，新鲜的水果被切成小块整齐码在雪白的奶油上，"素颜"的水果非常讨喜。这家面包店生意很好，水果类糕点卖得非常快，我每天路过都会进去看看，若是有合心意的就买下尝尝。老板娘是个秀丽的苗条女人，短发短裙，神采飞扬；细细的眉毛配在她娇俏的小脸上很是相宜，可惜纹的眼线暴露了她的年龄，深蓝色的眼线略显模糊，脏兮兮的。我不大和她交谈，她总是主动和我打招呼，非常亲切。她似乎是个很乐意尝试新鲜事物的人，我常去她的店，经常看到新品，很少看到同种面包一连卖上好几周的，就算是最经典的款式也不会——"面包种类多了，常换换口味，我自己看了也觉得新鲜。"她笑着说。

我这几天去面包店，又猎到新品种——"雪媚娘"——一种日式甜点。日本似乎称之为"大福"。拳头大小的雪白糕点，摆在柜子里端端正正的，拿起来却软得很，面皮上粘着面粉，真像艺伎细白柔滑的脸。第一次是买了一个尝尝鲜，虽然在包里被挤得脱了形，拿回家却仍吃得兴高采烈，薄薄的面皮下是淡奶油，下面是糯米粉一样晶莹剔透的膏状，包裹着满满的草莓丁。我想起小时候的一种橡皮，半透明的水晶的颜色，和普通的白橡皮不一样，灯光下边缘几乎是透明的，显出一种模糊而有弹性的质感，有点像QQ糖，但比QQ糖要平整端庄得多，香味也是淡淡的，和色彩强烈的劣质的橡皮差别很大。我小时候做不出题目就喜欢咬东西，铅笔尾巴总被咬出芯子，我也想过啃这种橡皮，因为这颜色实在诱人，像藕粉，但比流动的藕粉更凝重。"雪媚娘"里面的糯米粉极均匀软滑，呈现诱人的半透明色，总让我想起那种橡皮，触感软糯，像雪白无骨的女体，娇俏地在唇齿边发嗲。所以我觉得"雪媚娘"卖相口感均极佳，只是食客吃相难看，试想一下，一边为面粉会沾上衣服而担惊受怕，一边又是极软的内馅，虽有面皮包着仍是滑腻粘软，必须吃到嘴里才能放心，更不能借助勺子或筷子来吃。

我这次是专程来买"雪媚娘"，面包店里恰巧有，还不少，看来是卖得太好而随时补货。我看到六只极可爱的，圆圆的"雪媚娘"躺在花纸托盘里，个儿大饱满，隐隐透出绯红色的小影——那是裹着的水果丁。

"最近这个卖得可好呢，"老板娘见我挑，在一边说道，"接下来草莓很快就要没有了，所以我们家现在做里面夹芒果的多。"

"我都喜欢的。"

"是呀，这'雪媚娘'是好吃，我自己有时候闲了也拿一个尝尝。"老板娘微笑着。

六个"雪媚娘"分两列排，端端正正的，像士兵列成阵。我想应该一列是草莓馅，一列是芒果馅，就用糕点铲各铲了一个，"雪媚娘"阵顿时变成了四四方方的样子，看起来像做游戏的小孩子了。"对不住啦。"我在心里偷笑了一下。

收银台结账的时候老板娘还在和我闲谈，她用玻璃纸把一只"雪媚娘"小心翼翼包好，用夹子夹起第二个的时候她有些疑惑，仔细看了看，问我："你是不是特别喜欢吃草莓呀？这两个好像都是草莓馅的。"

"我不知道，不是分成草莓芒果两列的吗？反正我一边各拿了一个。"

老板娘凑近，把没包起来的那只"雪媚娘"仔细端详，斩钉截铁地说："这个也是草莓的。你要不要芒果馅的？我来帮你挑。"

说着一路走到"雪媚娘"柜前，仔细端详。还真是不大好分辨，有些水果丁正巧附在靠近面皮的地方，才看得出浅红色的一块，草莓颜色深，淡黄色的芒果丁却不大显。

"算了吧，草莓的也很好吃的。"我说道。

老板娘不说话，好像没有听到我说话，把盛着"雪媚娘"的花纸托盘轻轻拿出来，拈起一个小托盘，高高托起，小心翼翼对着店里正中心的灯光仔细分辨。接着，又换一个。

"嗳，这个应该是芒果的了。"老板娘看到第三个才笑起来，说："有一块好大的影子，灯光下看得出来，上面看不出来，芒果颜色浅，应该是了。"

她把两个"雪媚娘"用玻璃纸包起来放在一起，对我说："今天一定要吃啊，这种东西就吃个新鲜，这个天气，放到明天味道就不一样了。"

我拎着两个"雪媚娘"回去，果然，一个是草莓，一个是芒果，一如既往地好吃。

（三）丝绸

我的家乡纺织业发达，丝织品是其中的大头。小时候家家户户养蚕，眼看着外婆把棉絮里黑芝麻点大的小虫养成一匾一匾肥胖的蚕宝宝。寂静的夏日午后，大人都午睡去了，我在客厅水泥地板上横铺一条席子，躺在上面凉意无限。席子是赤红色的，不是如今草席的青色，横错复杂的花纹有些像小姑娘扎的麻花辫，三股或是五股的。仰躺着望天花板上的风扇，缓慢地转着，大人生怕小孩子睡去了冻感冒，往往只开最低一档做个样子。时间过得很慢，摇摇坠坠的风扇声音不大，反道是身边蚕架上蚕宝宝吃桑叶的声音更大些。蚕架是两层的大匾，占据了小半个客厅，匾下面是绞得粗粗的白色纱麻绳。蚕宝宝已长到手指粗细，吃的桑叶早就不需要切成碎片，它们自己就可以爬上去。蚕宝宝吃桑叶很有趣，找到一个下嘴点就呈扇形啮咬，吃得很快，几百上千条蚕宝宝吃起桑叶来风卷残云，那声音像雨声夹着风声。那是专属夏天午睡时的声音，无比静谧，无比满足，时光被无限拉长，我后来再也没有听到过这样让我安心的声音。

待到蚕宝宝"上山"（一种用柴火做的纸龙，用来给蚕宝宝做茧），那是很好看的。有些性急的蚕宝宝已经吐丝将自己慢慢包裹起来，透明的薄茧的颜色逐渐加深直到看不到蚕宝宝吐丝的样子，还有些蚕宝宝在纸龙上慢慢爬着，寻找合适的落脚点。看着这些小东西郑重其事的样子，就会感慨人的生命实在是太长了，人也太过消遣它了。

茧子做好后一切都变得非常安静，没有蚕宝宝吃桑叶的声音，拿起一个茧子来摇摇，还听得到轻轻的声音，密闭的小世界里，怎样可以由小虫子变成蛾子，我始终想不明白。不过那些可怜的小虫子也来不及变化了，它们在破茧成蝶之前就会被夺去茧房子去做丝织品，或是被做成油炸蚕蛹。我大一点的时候就很少见大人们自己剥丝了，都是原样卖出去，也或许是因为我在镇上上学没看到。不过我印象里有过一次见外婆剥丝，她坐在一个老式的木桶边上，很大的油亮的木桶，里面盛了水，水汽腾腾的。木桶上方有个拱形的支架，或许是竹子做的吧。外婆一边和我讲故事一边做手里的活，把茧子拉开，拉成薄薄的半透明的丝套在那竹支架上，不能破。外婆做得非常熟练，撕开茧子时有悦耳的沙沙声，木桶里的水汽腾上来，茧子的丝长长细细，也覆上了细细的水雾。

我知道茧子会被做成丝绸，不过乡下的加工只到这一步，接下来就要么拿去卖，要么等收丝客来收。当然，养蚕人家多会攒下一点，等到家里孩子结婚时，做成最好最绵软的丝绵被。丝放不坏，一条八斤重的丝绵被往往凝着长辈好多年的心血。

丝绸是柔柔的滑滑的质感，贴在皮肤上像凉凉的嘴唇，像水。丝绸和水乡有奇妙的联系，我家乡养蚕又盛产丝织品，故人们虽知道丝绸精致，却也不把它当作奢侈品，家家户户都用来做夏天的睡衣，图凉快，不生汗渍。花纹是极普通的，年轻女人是五彩的碎花，青的红的粉的方块花纹，筛成细小的花纹， 密密排在淡淡的底色上， 这样便不显得杂乱。 老年人的花样则是大朵的古朴的花， 色彩是庄重的白、 灰或褐色， 即便是红色也是深红， 低调稳重的底色上有花又有枝蔓一样的条纹， 却不觉得花哨。 镇上最小的裁缝店都能做， 而且便宜。 我小时候不到一百块就可以做好几条， 不知现在是什么光景。 水乡的人们难得上一趟街， 当我看到琳琅满目的丝绸店里， 满是卖给外地人和外国人的丝绸睡衣和围巾， 竟然那么贵， 贵到让人疑心是看错了——不免心中替他们难过。 当然， 设计或是创意， 在乡下人心中并不重要， 重要的是质感和实用， 是夏天的晚上， 摇着蒲扇坐在竹椅上乘凉时， 够不够舒服。 不过， 丝绸是习以为常的日用品， 并不代表乡下人不珍惜它们， 相反， 因为知道养蚕不易， 所以格外珍惜。 丝绸没有弹性， 贪玩的孩子是不允许穿的， 太胖的也不允许， 玩闹时蹲下身， 很容易便 "刺啦" 绷破了， 大人便要喊一声 "罪过"， 再看看也没有办法补救。 小孩子在长成之前不穿丝绸， 因为长高了就穿不了， 非常浪费。 一条丝绸睡衣若是穿得仔细， 可以穿好多年， 我自己的一条丝绸睡衣穿了七八年， 年年夏天拿出来都还是让人愉悦的， 颜色虽是旧了点， 质感还是和水一样凉凉的滑滑的。

丝绸是很私密的， 因为大多只用来做睡衣一类物品， 我前面说， 睡衣花样虽然多， 到底是看起来不觉奢华， 那繁花的图案也不过是农忙的大人在脱下工作服后的一点点爱美之心。 丝绸像水， 凉凉暗暗的， 似乎只适合夜。 所以丝绸制品不兴大红大绿， 睡衣尚可花样繁多， 若是点缀在正装上， 则多是单色， 至多是领口或下摆上绣几朵花， 也是小小的。 我曾在同里的一家旧婚俗馆看到民国时期的新娘嫁衣， 水红色缎面， 花纹也是简朴， 不比清代皇室崇尚的繁花似锦， 鞋底亦纳了密密的花。 我在广告上看到一些国际名牌的丝绸围巾， 色彩浓烈， 图案前卫， 像是油画泼泼洒洒， 完全是西方的， 但丝绸作为载体， 毕竟中和掉了一部分狂气， 显得收敛静止， 似乎也有优点。 我私心想着心目中的丝巾， 必定是像和服布料一样， 打开便是一卷画。 图案要是中国水墨画， 要有留白和烟水气， 看起来朦朦胧胧的。 江南水乡， 古时候便是粉墙黛瓦， 色彩分明得很， 唯一色彩浓郁的地方， 是河边建筑黑檐下挂着的红灯笼， 喜气中自有静意。 所以人也着装简朴素雅， 生怕使这简淡的气氛破坏了。 旧小说里写到江南女子总是一身水青色衣服，鬓角插两朵小小的茉莉花，不带一丝脂粉气。再朴素些就是张恨水小说里的女子样子，清清爽爽的蓝布袍子。这样的描写我很喜欢，因为明眸皓齿本就是出自小家，出自用清清河水淘米洗脸的临水小屋，日子过得精细而素淡。

除了简淡的花纹，我也喜欢一种更具生活气息的花纹，我在乌镇的街上见过，青蓝色的底子上排着白色的水滴状小点，组合成团花或镶边，看起来密密麻麻，非常秀气。有些是丝绸做的，远看在太阳光下闪出光泽，有些就是普通的棉布。一些地方的老奶奶习惯包头，方言称她们为"包头奶奶"，我在家乡的镇子上也看到过一些包头奶奶用这种图案的布料。这种深刻的色彩对比非常可喜，让我想起日本的蛇目伞，但显然比蛇目伞更具民间特质。如今乌镇成了旅游热点，到处开着小铺子，这种水乡风韵的花纹布料被做成了帽子鞋子、包，还有小孩子穿的玩意儿，几步便看到一家。沿河开小餐馆的女人们，用这种花案布料做包头或围裙，店里店外忙碌操劳着，这布料也带了一点极可爱的江湖气。以前乌镇还没有开互联网大会，游客也不多，旅游淡季时常招呼一声就可以进去了。我经常去乌镇玩，因为喜欢那被保护的小桥流水，是我童年外婆家一带的建筑和流水，河流在保护下也不怎样污染，看起来还是很美的。不过我外婆外公是不愿意去的，他们斜睨我一眼，说："乌镇！乌镇有什么好去的？早些年我和你舅舅呀，天天划船去乌镇卖菜卖蚕豆，还有苗猪——"

（四）观画

我父亲 90 年代来到江南地区工作生活，当初的同学好友多已散落各地，还有许多改行的，到如今仍从事艺术行业的屈指可数。我经常听他讲起从前的故事，儿时、少年时、青年时，之后的事情则很少提，大概到了江南独自工作过活不是件浪漫轻松的事，不如年少岁月那样飞扬跋扈，有着那样玫瑰色的天空。爸爸有一个少年时期的朋友，如今居住在离我家不远的镇上。除了从事美术教学之外，这位叔叔还是个收藏家。"他有好多好多的藏品，玉啦，画啦，还有恐龙蛋"，爸爸常说起他的故事，谈到那些藏品时总是眉飞色舞。我那时候很小，对于绘画、书法一类的艺术品不太会欣赏，因为爸爸在家也是画水墨画的，房子小，画室由客房改造，将宣纸用吸铁石吸在翻起的席梦思床垫上作画，小木桌上乱七八糟地摆放了几层颜料和毛笔。我习惯了这些，所以觉得作画如同我喜爱看书一样自然寻常，就算是作品拿去装裱好了放在家里，也不觉得有距离感。爸爸喜欢画崇山峻岭，画大江大海，画绝壁上的松树，瘦骨嶙峋地盘曲着；小练笔则画家里的兰花、蝴蝶花，或是外婆家乡下的农具。每当爸爸在一方小纸上画出彩色的水墨物件时，他总是坐着，很欣喜地眯着眼睛，带着几分画着玩儿的轻松劲儿。不像在家画那些大风景时，站立着严肃的样子。

我不大看爸爸的画，十几岁的孩子心里，有色彩的小景致总是比壮阔无际的山水更让人觉得有趣，每当我如此直言，就几乎能听到爸爸心里的叹息——"这孩子，没有大眼界啊"。我喜欢爸爸画的小鱼小虾，肥胖的螃蟹，还有客厅绿意可喜的盆栽，那让我感觉到亲切。爸爸也画人像，不过多是素描或碳条练习，我觉得他的作画手笔如同青铜雕像，不是画所有人都适合，像坚毅傲岸的青铜像一样，模特非得要是历经沧桑的、满脸皱纹的老人才能彰显风骨。在西方速写和中国风景水墨画上，父亲都付出了很大的努力。

然而之于我，印象更深的是那位叔叔的藏品。我们去拜访他的时候我才十岁出头吧，那一次我看到了很多的藏画，各种风格的，各种笔法的，各种色系的。那一次我对水墨有了刻骨铭心的感慨，那是一个乡下姑娘进城的惊叹，如同刘姥姥进大观园一样，忽然间看到了另一个世界，而又在一瞬间深深记住了自己所迷恋的那个方向，是的，很确定的，当那位叔叔打开其中一卷画的时候。

我以为收藏家，不是白发苍苍便是仙风道骨，但那位叔叔全然不同。他是个教师，工作之余似乎也做一些商业性质的工作，得以有资金做收藏这一行。他给我们展示了自己收藏的远古玉佩，是像印度壁画里那样深色圆盘状的玉块，上面有小缺口，叔叔说那是耳环。我对这些简朴的艺术品全然不感兴趣，就连叔叔特地拿出来给我看的恐龙蛋，在我眼里也不过是块大石头。敲碎了，说不定里面有蛋黄的横截面，我在心里想。

　　叔叔和爸爸去看水墨画，我也挤了进去，一卷一卷的画轴摆放在箱子里，看叔叔从房间里取出来又打开，和爸爸探讨着或感叹着。其中有一幅据说是唐寅的真迹，我看了也不觉得特别，因为画的是景，而我喜欢看《簪花仕女图》那样的人物绘画，圆润丰腴的女人和优雅的服饰，像包裹在珍珠里的世界。

　　直到叔叔打开那卷画时，我还一付百无聊赖的心境，但我看清它时，心里有一个灿然的声音说道："是的，就是这样！太美了！"

　　很遗憾的是我忘记了那幅画的名字，但是画面到现在还历历在目，那是一幅狭长的装裱得很精致的画，上半部分是密密麻麻的细小的竹叶，青翠欲滴的竹青色，像一只只鸡爪印，在心上踩来踩去。那竹叶占据了全画的一半，却不觉得头重脚轻，反而让人有一种"疏疏斜阳疏疏竹"的感觉。画下半部分是工笔白描的一个女子，侧身半躺在大石头上，似是假寐。《红楼梦》里的史湘云，醉卧在大青石上，四周芍药花落了一地，这份慵懒和娇憨，只可意会不可言传。而这幅画里的少女，脸颊没有绯红色，睡姿也不那么肆意，想必不是醉酒后的失态。她有史湘云"卧"的慵懒，却没有"醉"的娇憨，是一种清秀的姿态，睡在竹林里。竹叶似乎清清朗朗，君子一样护着她，不像调皮的芍药花，非要飞得一身一脸才好。画中少女的眉目秀气，极细的小毛笔画出五官。中国画里的美人皆是细细的眼睛细细的嘴，温和柔媚，就算是严厉凶悍的，也必是像王熙凤那样的吊梢眉，没有西洋画里面女子剑眉的英气。画中少女的脸是最传统的中国少女的长相，平淡得似乎像《围城》里写的"毛巾洗一把脸就可以把五官抹掉"；但那静静侧卧的身影里，又有着一种暗暗的调皮和生气——大家闺秀是可以这样的么？必定是个爱玩闹的平民女子，或许是玩得累了，风温柔地在四周飘荡着，竹叶的颜色新鲜幼嫩，昭示着季节大约是暮春，或是初夏，因为少女衣衫单薄，又可能是玩闹热了，脱下了外套，就这样和衣睡倒在这儿。她几岁了？为什么会睡在这儿？她有着什么样的经历？作画的人是碰巧经过看到吗？

　　我被画中传达的细致情愫所感染，看了许久不转眼。叔叔和爸爸未对这幅画有过多的评论，只是说了一句："看她侧身的线条有些断连，网上找过，也有人挂出了同样的画，我怀疑是赝品。——不过看这上面的竹叶，就这幅画来说还是很漂亮的。"

爸爸和叔叔是从欣赏艺术品的角度来看的，而我有的只是孩童的视角，所体会到的也只是朦胧的情感。后来我读到一段话觉得很赞同，大意是说看《红楼梦》，喜欢里面的林黛玉，小时候把她当成姐姐，长大一点把她当作朋友一样交谈，老了就把她看作自己的孩子。我看书总喜欢把自己套入情景，未必是钻进主人公的角色中，就是做故事的旁观者亦是很有趣，因为可以体会人物的心理和感受，就算是私人的揣测，也比单纯做读者来得亲近。这种思想很大程度地影响了我后来对艺术的看法，读现在的一些文艺分析总觉得非常冷漠疏远，因为那充满专有词汇的评价是像解剖刀一样冷冰冰，不带情感，较之这些我更爱读古人写的，那很有意思，古人往往不认为自己在做学问，多是怀着一颗"赤子之心"，既是品评事物，也是面对自己的心。这就很有人情味了，往往是笔谈或是小集中，珠玉小文谈文艺，非常风流潇洒。理论当然应客观，但充满道学气，就令人厌恶。至民国时期的文章还是很可爱，因为不沾"道学气"，就算是真正的文艺巨著，也是非常洒然，谈文章喜欢比较多人，皆以字号称之，诗词句子随手拈来，如同谈"昨天吃了什么"一样随性自然，虽然是隔着久远的时代，就因为思想上的接近，亦可以称兄道弟。王国维的《人间词话》可爱之处，就在于他的亲近和洒然，他喜欢把自己写的诗作和前人比较，这种执拗的可爱让人动容，如同他在书中提出的"隔与不隔"，须得要直面，才可见贞亲。不似今天的学者那般战战兢兢，表面上把前人当作圣人膜拜，却连作品都没看过多少，又喜欢套空话，实在是很可怕。

枕

河

前不久去浙江的一个山涧游玩，驱车五六小时，从熙熙攘攘的闹市一路沿盘山公路直上，山路狭窄崎岖，一路不见人影，愈往上愈荒凉偏僻，到达目的地已是黑夜。钻进灯光微弱的宾馆埋头大睡，半夜被窗外的大雨声吵醒，拥紧潮湿略带霉气的被子又沉沉睡去。

次日清晨被大雨声惊醒，雨声中窥听得狗吠，起身一望才发现并非下雨，昨夜摸黑进山未见仔细，旅馆旁有一条溪流，沿地势跳跃潺流，每下一个台阶就涌开一叶白色布帘，发出大雨冲刷的声音。它在平缓地带形成大水流，溪水极清澈，深处聚成妙不可言的蓝绿色，两岸人家在河里洗菜淘米，择菜后的叶子随溪水流走。

游人极少。星星散散坐着的都是老人，面前篮子里放着红薯和猕猴桃，用一种听不大懂的语言叫卖着，空气都清澈得漾着流水的滋味，这明澈淳朴的景象，美得几乎悲伤。分明是初秋时节，却倏然闪过一句诗，"小楼一夜听春雨，明朝深巷卖杏花"。仅仅这一瞬的静谧，就在脑海里搜寻到了类似的静止的时刻，它来自于童年的记忆，却在异地被完全不同的环境演绎出了灵动的相似——也不知是喜是悲。

我已经很久都没有见过这样美丽的水流了，与其说是美丽，莫如说是动人。美丽有多种形态，而动人却是完完全全私人的，这样灵动的生命力，洁净的洗涤和童年重叠起来，在这些重影中我看到了故乡的河。

故乡在苏州一角，这个朴素的乡村和那个时候所有的乡村一样，有着金色的阳光和年轻的生命，不同的是，年轻人打工多是在近处的镇子，每天都可回家。白天漫漫的时光留给了一群老人。还身强力壮的，在自家地里种几方鲜嫩的蔬菜，随心所欲的是大多数，他们搬着竹凳在门口河边的大树下闲坐着聊聊天，看膝下的孙儿玩耍，手里的瓜子壳果皮聚集起来，再扫进河边的树根处。做饭时，家家飘起炊烟，河边开始有妇人淘米洗菜的喧嚣声，白天这里可是顽童们戏水的好去处，流水不腐，水永远是鲜活的。

河是人生命、生活的一部分。

君见姑苏城，人家尽枕河。沿河而居的村落自不必说，连深巷里的旧宅子，若是地方允许，必是有一片湖或小河，沿着精心造就的沟渠流淌。苏州的园林有名，沧浪亭拙政园等等皆是水上楼阁。若以为非得要豪奢的大园子才配得上这河，未免太不解苏州"枕河"的风情，像震泽的师检堂，巴掌大的后花园，倚着楼建一个"半亭"，堆几块假山石，下面小溪潺潺，情致盎然。再不济，像旧时的乡村人家，屋后也有池塘，春有蝌蚪夏有蛙，不时还有鱼游动。"枕河"一词，实在是实至名归的。

屋宅里的河流水洼多是人造，细致有余却少了生活气息，我最爱看那宽宽的河，人在河边洗菜洗衣，握着篮子一个扬手，水翻起一道波，生活的生机勃勃扑面而来。最有家常气息最有意思的，莫过于枕着热闹街道旁边的河了，家乡附近镇子上有一条古街，名曰"宝塔街"，倚靠着有着凄美传说的慈云塔，这慈云塔据说是三国时吴蜀联姻，孙尚香思念丈夫远眺的地方，故也叫作"望夫塔"，虽然据考证未必真实，周围的人却都乐于相信这是真的。古老的塔古老的桥，还有永远年轻流淌的河流。我最爱去那里，街巷两边还是旧时的木质平房，开着一家接着一家的糕点铺茶叶铺，那里的海棠糕最好吃。小时候憧憬这儿的房屋，一边是街一边是河，窗户外面往下望，屋子下面就是水。有兴致的人在窗边系了一个渔网，过段时间拉起来看看，竟还有小小的张牙舞爪的螃蟹。对面人家粉墙黛瓦，侧着头可看到河蜿蜒而去，天边长云连成一片，下面的街道依旧热闹喧嚣，一派开阔。

　　我已许久不回家了，而回家，也不像儿时一般与河流那样亲密，不忍看到那些被拆走的木房子，那些换过的崭新石头的街道，那些开着连锁店放着音乐的店铺，那早已无人用来做饭洗衣的肮脏的河水。现在的河流，只活在眼睛里，不再以与衣食住行相关的方式相连，成长起来的孩童们，又该如何记忆。虽还是住在河边，"枕河"却变成"江枫渔火对愁眠"。记忆里河流成了不可言说的秘密，像血液一样默默流淌在身体里，回忆随着越来越面目全非的故乡在记忆里变得越来越深，就好像人老的时候儿时的记忆反倒清晰起来。一旦遇到稍有类似的场景，便第一时间跳了出来，变成一幅大的画卷。我想起前不久在浙江山涧中的流水，以此"慰情了胜无"是对美景的误解吧？念及对故乡河流愈来愈深的怀念和悲伤，想到这山涧美景或许不久后也不复存在，这样的误解似乎是有一次少一次了。

胃
的
记
忆

　　"吃货" 是我绝对无法驾驭的一个词， 如果说吃货只是自己吃得开心， 那
或许我还可以对号入座。 但吃货越来越多地等同于美食家， 更多时候为对此地
陌生的朋友来介绍美食的一个资格， 人和人之间口味差别那么大， 为什么有些
了不起的吃货就能配上对方的饮食审美呢？ 真是让人羡慕的一项技能啊。 最让
我手足无措的瞬间， 莫过于同伴问去哪儿吃饭， 或是朋友来我的家乡玩时， 选
餐馆便成了我义不容辞的任务， 但我总担心摸不准同伴的口味， 而战战兢兢做
出的选择， 也往往无法达到预期的效果， 即使是我认为 "真的好吃的不得了"
的食物， 也得不到同伴的认可。 记得有一次我带着同伴兴冲冲地去吃苏州特有
的过桥三菇面， 同伴们纷纷表示， 从未吃过这样清淡的面， 太清汤寡水了，
好像提不起胃口来， 我这个东道主， 真是很不负责。 不过想到自己某次去蜀地
旅游时， 有朋友介绍去非常出名的火锅店， 我忐忑地要求要不辣的白汤火锅，
被朋友笑永远感受不到蜀地美食的精髓。 人和人， 地域和地域之间的味觉审美
真是差距很大， 所以对于朋友的批评， 我心悦诚服。
　　俗话说， 想抓住恋人就要先抓住对方的胃， 若将我自己比作家乡的恋人，
可真是妄自菲薄， 但实际上又是那样亲切。 故乡待我情深意重， 自不必说，
就是那平淡的日日夜夜里， 也有无尽的让我思念到辗转反侧的事物。 有摸得到

的，有摸不到的。有人说，所谓对故乡的牵挂其实是胃的牵挂，我觉得很在理。说到底，眷恋都是来源于记忆，至于向他人介绍或推广，实是第二层的。白居易的"晚来天欲雪，能饮一杯无"我非常喜欢，对于吃，他既不像苏东坡那样考究，也不像袁枚那样求奇，平白调侃之间，舒舒缓缓，日子就过了去。

这篇文章介绍的是我家乡的美食，当然了，我完全称不上"吃货"。或许呀，真正的吃货对于美食本身太专注了，所以没有时间以描写的方式向更多的人介绍。如果说这篇私人性质的文章还有什么价值的话，我想就是为家乡美食文化的输出做了一点微不足道的贡献吧，如果有更多的人因为这篇文章而去了解去尝试我所介绍的这些美食，那可就是我的荣幸了。

（一）河鲜及水果

我的家乡在苏州的最南部，倚着太湖。水产品自然很多，苏式美食里炒河鲜（当地人称之为杂鱼）颇为有名，也很得当地民众喜爱的。所谓的"河鲜"，从各种鱼，鲤鱼鲫鱼鳜鱼黑鱼，到大虾小虾，以至螺蛳，泥鳅等等，随季节而变。老一辈的饕餮大佬们往往都是普普通通的老爷子，他们会在清晨早早起床，去逛了几十年的菜场上买菜，遇着相熟的大哥热络地说会儿话，递个烟。买来各色小鱼——重点在"小"，小鲫鱼选瘦长颜色深的，比泥鳅大不了多少的小黑鱼，还有灵活的小泥鳅。鲇鱼这东西少有家养的，有经验的持家男人会去相熟的摊子上买渔民打捞的野生湖鲜。各色应季小鱼买好，再去老相识那儿买几只小虾，回家就可以做一盆。若要我说苏式美食有什么最大的特点，我想就是"应季"二字了。的确，茶叶也分个明前明后，素来讲究精致的苏州百姓，在吃食上头可是一点不含糊。而且"应季"的理念不仅仅表现在吃上头，还深深渗入民众的生活理念中，反季节的食品怀着好奇的心情尝尝的有之，经常吃并且接受这一理念的人，估计还是不大多的。比如西瓜，自然只有夏天的最好吃，讲究的就是新鲜，而且不能在大型超市里买，而是要去点着一盏大灯、蚊虫乱飞的大棚附近，手推车上堆了大大小小西瓜的小贩处买，青皮红瓤，吃起来嘎嘣脆。饶是这样，家人还感叹说西瓜培育也是“世风日下”，小时候那种颜色乌青，略略长条形的沙瓤西瓜再难吃到了。我懒得很，喜欢吃无籽西瓜，从小就被长辈指责，这孩子，完全不懂怎么吃嘛！吃，上升为严肃的品味问题，一点马虎不得，像我这种偷懒并喜欢吃非自然无籽西瓜的想法，和崇尚自然和“应季”理念的长辈们大相径庭。西瓜入秋后就没有了，即使我吵着还要吃，长辈们也会呵斥，现在的西瓜还吃得吗？都剩下水了！最后还是饶不过我的吵闹，去超市尽力挑选了个周正的西瓜，回家劈开一看，如血的红色，味道却不好，虽然汁水丰沛，甜味却不大自然，是紧紧的，装腔作势的甜，而不是自然舒爽的甜味。后来想，生长在天地间，吸收阳光雨露长出来的应季西瓜，甜味最自然，和人工培育的瓜当然不可相比。新劈开的西瓜，横截面上看得到破裂的液泡，且整只劈开的时候不需要多快多长的水果刀，只需要破开一点点，就自然裂开了，新鲜的西瓜汁淌下，非常诱人。小时候，外婆家人多，一只大西瓜劈成片装在大铁盆里，十几口人围坐在一起吃，俗话说“人多好吃食”，抢着吃，口味最好。普通的一家三口要吃一整只西瓜多半是很难的，只能留一半放在冰箱里，这样的西瓜味道就很尴尬了。我听说日本等地西瓜卖得特别贵，且都是按片卖的，心里想，这样真的会好吃吗？后来去香港，在水果摊子上看到塑料薄膜封起来的西瓜，果真是一片片的，怀着好奇的心理买了一片，味道却忘记了，记得的唯有那种惊讶的心情。还有什么黄瓤的西瓜，奇形怪状的西瓜等等新奇种类，至多买一次尝尝新鲜，也不大喜欢。

　　小时候家乡的河流还很干净，记得五六岁时，一次跟着哥哥去树林的湖边钓鱼，哥哥拿着针敲成的简易鱼钩折腾了一下午，钓着三条小黄鱼，我以前只在菜市场的大盆里看过的。而坐不定的我拿着小树枝绑着线，挂一块小肥肉，在大大小小的沟里钓了十多只龙虾，龙虾是最好钓的，因为真是太笨，鲁迅也写过虾是“水世界的呆子”。河边的大石头搬开来有时候会发现小蟹，大拇指甲盖那么大，也被抓了回去，裹上面粉炸一炸，是家家户户都爱吃的“面坨蟹”。晚上，很会做菜的舅妈就把满满的战利品炒了煮了炸了搬上了饭桌。后来水质污染，有一阵子鱼都畸形了，后来即使努力净化或保护，终是不敢有人再去吃河里的鱼或虾， 顽童偶尔钓上来一些， 也只当做小玩意儿放在水盆里养着玩玩， 大多不适应太过干净的自来水， 几天后就翻了肚皮。

（二）茶

环太湖地区的 "进门三杯茶" 是民俗学家很感兴趣的文化， 依次是锅巴茶、 熏豆茶和绿茶， 据说毛脚女婿第一次上门， 务必先喝了这三碗茶， 才算过了第一关。 这么说似乎显得喝茶是女方家的 "下马威" 了， 而实际上这三种都是温润好喝的茶。 如今这种仪式因为太过冗杂而被削减， 但 "奉茶" 还是非常重要的一个步骤。 结婚的时候， 接新娘子的车在男方家停稳， 新娘子踏出婚车第一步后， 就要有人手捧一碗茶递给新人， 喝几口 "做规矩"， 我曾经担当过递茶的 "重任"， 揭开茶盖递给新娘子的时候我偷偷向下瞄了一眼， 似乎是普通的茶， 上面还漂了几个红枣。

锅巴茶， 方言里称之为 "待帝茶"， 用来招待客人， 从名字就足见其郑重。 但也是三道茶里工序减省得最厉害的， 如今不是用家里大灶上做的锅巴， 用的是市场上买的一卷卷硬而薄的米锅巴， 既粗糙， 味道也不大好， 但是却非常重要， 不论大大小小的喜事， 客人登门务必奉上一小碗锅巴甜茶， 小小的碗里漂浮着软白的锅巴， 糖似乎是不要钱的， 放了很多， 茶极甜， 就连喜吃甜食的当地人亦喝不完， 至多拿在手里喝几口 "做规矩"。 我过了新年再去外婆家， 也要喝这种锅巴甜茶， 因为是新年的头一回上门。

熏豆茶最有特色， 清香爽口， 用作待客的茶品或是零食都很好， 一杯茶边吃边喝， 聊天的时候最为合宜。 我外婆喜欢 "开茶会"， 请朋友来家吃茶谈天， 几个老太太或半老太太， 一坐可以坐上一下午。 在家乡， 外婆那一辈的老太太多多少少还是需要做农活的， 种种菜或是下地。 所以这些老太太们生活不比上班族轻松， 还要留神管着在家的孙辈。 这样的茶会便成了老太太之间的休憩时间， 聊聊天喝喝茶， 有些奶奶还把孙辈带来看着， 抓一把熏豆塞在他口袋里， 让他乖乖跟着姐姐玩。 熏豆茶泛着浅浅的咸味， 由熏豆， 胡萝卜干，芝麻，还有金橘皮组成，非常爽口，大包大包收着，待客泡茶或给孩子做零嘴都好。

熏豆制作工序考究，有"应季"的精髓。需要水稻成熟时的毛豆，个儿大饱满，外婆家种毛豆，收割下来一捆捆摆在地上，找个空闲的时候剥，边剥边聊天，看上去很轻松的样子。实际上剥毛豆是体力活，我试过没一会儿就觉得手关节酸痛不已，且非常枯燥。新鲜毛豆有一种特殊的清香，我觉得非常好闻，有点像雨天后青草地的味道，但比之稍显潮湿的青草地，毛豆的味道更清爽喜气。

剥好的毛豆要放在大灶上蒸煮，农村的大灶是最美好的童年回忆，做出来的菜香味扑鼻，绕梁三日，这是西方现代文明带来的高压锅、电饭煲等不能相比的了。煮毛豆的时候用的是香樟树枯枝，是特地去自家小树林子拾回来的，因为用香樟枝干来做饭做菜很香，将树自身的清香融了进去。毛豆蒸煮的时候放入盐等调味品，等熟了以后就进入最关键的一步——熏。熏是将东西放在筛子上置于炭火上烘烤，把水分烘干，清香愈弥。需要拿着小铲子守在炭盆前不断翻，吃食亦极讲究"品相色泽"，翠绿色则是上品，略老的黄绿色就不得人心。表皮皱起来，缩成小粒，我小时候尤其喜欢吃熏豆的皱皮，因为很入味。

晾晒熏豆的时候场面壮观，两个大匾，铺着白布，中央放着小小的一堆熏豆——天知道为了做这些费了多少工夫！边上的空间也不浪费，晒胡萝卜干，或金橘皮干，有些人家若是喜欢吃一点辣的，就买些上好的辣椒来晒。大匾是稻草色的，因为年代久远而颜色陈旧，但非常干净。匾的稻草色，白布的质朴的白色，还有红红绿绿的熏豆、萝卜干等，这颜色对比鲜明可爱，小孩子往往等不及晒干就偷一把尝尝。熏豆虽做工繁琐，但家家户户都不把它用作商业用途——不是自个儿吃的嘛，所以不计较。熏豆晒好后就装在塑料袋或茶叶罐头里，保质期很长，很长。

此外还有糖熏豆，看形状好像是用豌豆来做的。隔壁邻居奶奶曾送来一些尝尝新，皱皮上每一个细小的褶子里都溢着糖，不能泡茶，只能做零嘴，且吃多了会齁着，我并不喜欢。

至于绿茶，故乡盛茶风，离我们生活最近，却又好像无从说起——该怎样介绍一样无处不在的事物呢？就像呼吸一样必不可少，想具体说说却发现自己似乎一窍不通——茶叶种植，采撷，挑选，泡茶品茶，我都不了解，更说不上专业。唯一可以确定的就是，在当地人的生活中，喝茶是一件和吃饭睡觉一样的事情，所谓的"喝水"大部分指喝茶，一天两到三杯茶的标配，当地有句俗话："一个老人若是茶都不想喝了，那他就真到了命尽头了。"大的玻璃杯里撒着茶叶，刚烧的滚水分几次注入，看碧绿的茶叶慢慢舒展沉浮，轻吹一口气，喝进一小口。日本茶道繁复而讲究，仪式感极强，我看的时候感慨，茶道真是一种源远流长的文化，近似一种礼仪和修身的途径了。茶更像是一个诗意的代言词，借此来表明志向，或是修禅。日本茶道宗师千利休确立了日本茶道思想，即"和敬清寂"，茶室的装饰和茶具都讲究朴拙，茶道的意义已远远得到升华，成了近乎宗教的存在了。中国古代的品茶大多流行于文人雅士之间，《红楼梦》里栊翠庵品茶，茶具的珍稀名贵，茶水的天然精致都极尽风雅，妙玉品茶用的是小杯子，嘲笑想用大杯喝茶的宝玉"你这一大海算什么"。我小时候读到此每每觉得怅然，觉得自己喝茶非常粗蠢，远远谈不上"品"。

后来，我慢慢觉察当地茶道思想的有趣可爱之处了，要下地耕种的农人们，即便是再忙再远也要带一茶缸的茶，做工累了便三五成群坐在田埂边，大树下喝茶休息，此时的茶意味着解渴，茶放凉了，时间又长，看起来略带赤色，品相并不好，但那略略苦涩的清香里，有着解暑解渴的清凉静意，便是此刻农人们最需要的了。闲时在家开茶会的茶，是趁热小口喝的，多用无色无花纹的玻璃杯，看茶叶舒卷沉浮，颜色翠绿雅致，真真是"这茶呵，好得像画章里面的"！当地人形容茶青葱有生气，最高的赞誉就是"画章里出来一般"，画家文人的笔下，这抹翠色只存在于想象之中，而只有在沾满泥土芬芳的乡村，这样的碧色才是真实存在的。

当地的茶若也有精神，那便是崇尚"自然"，此茶风影响深远，从农人到品茶者皆深谙于此。将喝茶纳入起居，并不格外重视，因为其已是生活最自然的组成部分。我爱这茶风的天然平淡，对极喜爱的事物亦不高看，只当是最普通的身边之物，是以融入生活为无声的热爱，也是最高的赞誉。与日本茶道的繁复比起来，可真是太过简略了，而这简略中，恰是对自然这一理念最深的体会，由喝茶到人生皆是如此，这可以说是中国特有的喝茶的哲学吧。

清明节后七八天，家家户户都要去采买茶叶，一家或几家里派个代表，去江浙交界处买春茶，价格公道，色泽芳香，所以家家户户都直买到冰箱里都放不下为止，这便是一年的茶叶了。我最喜欢的是白茶，这也是外婆的最爱，小时候家里一直喝，味道清香淳朴，一天三杯都不觉得厌，且越喝越享受，比碧螺春或雀舌茶好得多。还喜欢铁观音，胜在略带甘味，且喝后不影响睡眠，即便是睡眠不稳的人，晚上喝铁观音也是不忌讳的。但铁观音一般都包在真空的小袋子里，富丽堂皇，看着似乎和此地茶风不大合宜。色泽乌黑，品相没有白茶那样翠得直撩到人心深处，所以有客人来还是泡白茶的多。

我长到十来岁的时候，看到一篇文章写茶，第一次看到有人把茶的滋味形容为"苦涩"，大为震惊，甚至怀疑自己的味蕾有问题，因为一直觉得茶的味道是最香最甘的，只是那种"甘"和吃食里的甜有所不同。文字来形容味觉总是很贫乏，但入口时的那种畅快和享受是相似的，尤其是温厚的第一口，茶味浓郁芬芳，极致的愉悦若是有形容词可以描摹，那就是"坠入"，是那种身子忽然往下一坠，深陷进去的感觉。西方人形容快乐是升天的轻飘，而我只觉得快乐是绵密温润的，像水包着浸润着身体，无孔不入，全身的经脉都舒畅，融为一个整体。

（三）糕点

苏州菜偏甜，做荷包蛋也问个"倷啊要放糖？"甜的滋味等同于快乐，家常的有白糖冰糖，上街的时候有糖画儿可买，暗赤金的透明糖液，画成复杂的图案，味道一般，是单薄的朴实的甜，但小孩子拿在手里总不舍得吃。我印象深刻的是各色糕点，以甜点偏多，小而精致，一小炉一小炉蒸，热腾腾的才好吃，且限量供应，所以常常要等上许久。

苏州著名的街道如观前街，或是周庄同里等著名旅游景点，熙熙攘攘挤满了店铺，也有各色卖糕点的铺子，东西一旦名声在外，来的人多了，未免就会流俗，因为无法保证每一件糕点的精致和用心，尤其是食材中有特定季节食物的，若是全年都可做，冒犯了"应季"这一大精神，看热闹的人是否吃得出来难说，但真正留心的人，若是吃到这样的糕点，心里必定会产生疑虑的吧——这也称得上"天下第一"？

难得的东西不一定好，但好的东西必定是难得的。就像《红楼梦》里的冷香丸，配方繁复得像说天书，但香味扑鼻，让贾宝玉连这是药丸都顾不上了，只想尝尝。糕点是最讲究色香味的，依我看，大抵分两条路子演变：有商业性质的糕点，称为"客式"糕点，因为小，所以在有限的体积上翻花样，越做越精致；非商业性质，即自家做、在家吃的糕点，体积稍大，分量足，越做越质朴——质朴可不是粗糙，只是精细活儿不体现在外头卖相上罢了，而是倾注在原材料的甄选，以及打磨制作上。苏州园林讲究移步换景，在有限的空间内制造出最美的效果，不仅仅是视觉上的，还包含着禅意。这种"小而精致"的精神在文学上似乎犯了"格调不高"的毛病，很多人推崇的沈三白的《浮生六记》其实不过是私人日记。但若是以小见大，亦是一种视野。这种精神表现在糕点上，就益发精致起来，很多糕点本身就如同艺术品，而有些貌不惊人的糕点，究其制作过程，足以拍成纪录片。

客式糕点，如糖粥、春卷、绿豆糕等很有名，大街小巷皆有售卖。我最爱的是海棠糕，样子朴素，在繁花似锦的苏式糕点里并不算突出，但滋味非凡，吃过一次必定念念不忘。我每次遇到做海棠糕的小铺子都要买一个——并非吃不下第二个，而是凉了就美味大减，所以只能忍痛割爱，等着与下一个海棠糕铺子偶遇。

海棠糕是模子里蒸出来的，黑灰色的铁质模子，由六七个圆圆的小凹陷组成一朵海棠的样式，海棠糕的名称大概由此而来。做工想必很复杂，因为我这样味觉不甚敏锐的人，都尝得出七八种食材——豆沙，花生油，红绿丝，面粉，糖猪油丁，瓜子仁，芝麻……海棠糕是扁扁的圆形，下面是白色，里面裹着各色食材。顶部表面覆盖着酱红色的饴糖，变凉了就成了咖啡色，饴糖上撒着果丝、芝麻、瓜子仁等等，咬一口，绵软香甜，滚烫的豆沙中心包裹着一小块晶莹剔透的猪油丁，肥而不腻，就连平时从不吃肥肉的人，吃起来也丝毫不觉得腻味。这样热热闹闹的客式糕点，油是必不可少的，包在暗黄色的糕点纸里，油慢慢沁出来，香气扑鼻。

此外，客式糕点还有梅花糕，猪油糕等，但都不如海棠糕那样浓油重彩，要么就是甜得过头油得过头，味道俗气。海棠糕妙处就在于，放了那么多糖和油，却毫无腻味，恰到好处，真是很少见的。

家常的糕点也有很多，比如过年过节时节要用的各色贡品，还有红白喜事时候的糕点。如有孩子中考高考，则重在图吉利，做糕和粽子，谐音"高（糕）中（粽）状元"。印象里有一种四四方方的大糕，大若玉玺，白色糯米做的，上头有像印章一样的花纹，红红绿绿煞是好看，味道却不好，有点沙沙的纸的味道。

最值得一说的是青团子，其实还有白团子，是咸的，方言里叫萝卜丝粑粑。但青团子用途最为广泛，上到红白喜事，下到孩子放学回家喊饿，都可以用。青团子的做工较为复杂，最特别的就是用天然的植物颜色来作染料，世世代代，极为古老。真不知道古人是怎么发现的！

我看过一个纪录片，介绍青团子染色的染料来自于清明前后的麦草，麦草打成汁，摒去渣滓，将绿色的麦草汁掺在米粉里做青团子。而我家乡一带不是用麦草，而是用南瓜叶。要甄选不老不嫩的上好南瓜叶，先用沸水煮一遍再用冷水静置一夜，晒干后摊平撒上筛细的石灰粉，放在坛子里，上面放清水发酵半个月左右，待要做青团子的时候，拿出来用刀切成粉末状，和米粉搅拌即可。

这是最天然的染色剂，因此带有大自然的青绿色。青团子多用豆沙做馅料，除了清香可解甜腻，从颜色上看也是极好看的，翠绿色厚重敦实的面皮，里面是暗红色细腻柔滑的豆沙。要吃的时候拿出来放在大灶上蒸，小小的厨房里雾气缭绕，待揭开厚厚的木盖，翠绿色的团子糯软地趴在小方粽叶上，一个挨一个，香气扑鼻。第一遍蒸熟后，下次若再想吃，再反复蒸煮即可。大灶上蒸青团子最美味，若是用电饭锅或微波炉加热，则要么冷热不均，要么因为缺乏水汽而裂开，总之不如原始的大灶蒸出的那样滋味曼妙。

青团子、白团子、大糕都是农家的手工糕点，虽卖相朴实，费的心思却一点不比客式糕点少。从原材料的挑选到手制过程，就像酿酒一样，流程亦是一种仪式，一种艺术。逢年过节的时候，除了请客吃饭，还要让客人拿着一袋礼盒走，那礼盒也有讲究，据说是要有青团子，象征团圆；糕，象征"节节高升"，还要有蜜枣粽，象征"早生贵子"等等。每一样都需要家里人亲自动手，把祝福和祈祷融进这些糕点，才能让客人们也沾到喜气。如今很多规矩都被简化，礼盒亦为了迎合这一潮流而多用包装好的食品，如巧克力蛋糕或凤梨酥等等。手工糕点费时费事，且要在农村挑选原材料，还要有足够大的场地来做，对于越来越多搬迁到城市里的居民而言，的确是久违了。有些在城市里住了几代的人家，已完全没有手工糕点的记忆，去景点上才能尝到一些，这真是遗憾。

（四）野火饭

人若身在外，过着三点一线的生活，对季节的变更并不怎么在意，无非是添减衣服罢了。今年立夏时节，我便是上网看到新闻才意识到的，不由得想起小时候对立夏的憧憬来——早早就缠着长辈，问清立夏是在阳历的哪一天，然后盼星星盼月亮，等着立夏那天，因为放学后就可以去外婆家烧野火饭。

野火饭是方言里的叫法，大概是这两个字吧，因为放火即被称为"放野火"。立夏是孩子们的狂欢节，很大一部分乐趣就来自野火饭。那一天，所有的大人都非常宽容，因为习俗里，这一天用来做豆饭的豆子，是要孩子们去家家户户田埂上的豆秧上"偷"的，被"偷"过的豆秧，会长出更多、更大的豆子来。豌豆刚刚成熟，而大豆已经长得异常饱满了，用来做豆饭的豆子，主要就是这两种。

火是危险的事物，即便孩子已经上初中，大人终是不放心，这就需要长辈里出一位童心未泯的"孩子王"做领头的了。我小时候，一直是舅舅带我们去的。如今的野火饭多是在自家场地上烧，而我小时候则更刺激——去小树林里烧。

外婆家附近，在一个隐秘的湖边有着一大片浓密的树林，农村的家家户户都在那里有或大或小的林地。舅舅家种的是香樟树，时不时还去拾干树枝回来烧，因此大灶烧出的饭菜异常清香可口。立夏的时候，万物生长正茂，且各种恼人的毛毛虫还没来得及孵化，最适合去树林玩。用砖头在自家林地里搭建一个简易的灶台，用完后用土堆起来，明年挖开清理清理还能接着用。

先是偷豆子，所谓"偷"，长辈在孩子兴致勃勃外出前多叮嘱："不准偷太多！不要专在一户人家地里摘，多在田里跑跑！"我后来读到鲁迅《社戏》一文时，便觉得最后的偷豆子的情节无比熟悉。这儿跑跑那儿摸摸，采满一篮子，难掩心中的激动，在大人的微笑中半弓着身子跑了。带着战利品一到家，舅舅早已收拾好大大小小的锅碗瓢盆，柴米油盐，再用几个大矿泉水瓶装满自来水，放在板车上了，大家一起推着满满当当的板车去小树林，一路上唱着歌儿。我很小的时候喜欢坐在板车上，舅舅拉着小小的人儿走在田埂上，摇摇摆摆，我扶着栏杆咯咯笑着。

小树林里树木枝繁叶茂，异常阴凉。地上堆了厚厚一层樟树叶子，我们把潮湿的叶子和土壤扒开，找到那个陈旧简易的灶台，就开始着手做野火饭了。孩子们乖乖地剥豆子，豌豆荚和大豆荚里都有着细小的白色绒毛，像温暖的床。青白色鲜嫩的豆子倾入漏筐，慢慢堆起，散发出豆子特有的清香来。我常常贪嘴偷吃生豆子，豌豆滋味最好，是略带甜味的清爽味儿，大豆皮厚，内芯是有些涩味的大瓣……我最喜欢豌豆，而且豌豆个儿小，不易被发现，用手小撮小撮拿来吃，直到大人看到，大喝一声"还没有烧就要被你吃光啦"才停手。

野火饭也叫糯米饭，即糯米豆饭，家乡几乎人人爱吃糯米，入味的团子、粽子或八宝粥，大多都要用上好糯米来做原材料。我每次看外婆从糯米缸里舀半碗糯米，雪白的糯米粒粒分明，比普通大米略长，外婆做出的糯米饭清香软糯，豆饭就是全用糯米做的，水放多放少都有讲究，总之，在我的印象里，每年的糯米饭都格外好吃。

豆子、糯米都洗净准备好，若是还要给野火饭增添风味，那切成细丁的咸肉就无疑是绝配，别的不说，光说糯米饭出锅的时候，白的是米饭，绿的是豆，红的是咸肉丁。豆子先用油稍微炒一下，再将食材依次放入锅中，少放些盐，因为咸肉本身就是腌过的。用随处可见的香樟树枯枝做柴火，煮到锅子里水干了，野火饭就做好了。

煮饭的过程小孩子都不耐烦等，要么不停询问"好了没有？""都冒烟了，怎么还没有好？"要么就索性去边上的树林里玩玩逛逛，等到大人觉得差不多可以出锅了，再扯着嗓子把孩子们一个个叫回来，一人拿着一只小小的粗青花碗，大人拿饭勺依次盛给每个人。一开始是热腾腾的烟雾缭绕的一小团，看都看不清楚，就那样掉在碗里，等热气散去，就看到那圆圆的饭团逐渐散开，白绿红三色相间，气味鲜香，糯米的颗粒感开始显现，一粒粒地，边缘闪着钝钝的厚实的光泽。

糯米饭味道很好，即使不是立夏这样特别的日子，也时常会烧。但在家烧的不如在乡下烧的，在乡下烧的不如去小树林烧的，小伙伴们的欢声笑语里自有一种美丽的味道。夏天的天色暗得晚，在豆饭的香气中缓缓落下去的太阳，宛如一颗鲜艳欲滴的咸鸭蛋黄。

我已经很多年没有和亲人在一起过立夏了，更别说那美丽的小树林里的野火饭。外面的各色八宝饭、糯米饭做工精良的也有，但总是不及回忆里的味道——怎可能比得上呢，那些附加的快乐早已随着童年远逝而消失，陪伴着一起偷豆子，挖灶台，煮豆饭的人们，现在都在哪里呀。而一心一意只想着立夏那天可以烧野火饭的我，现在想起来是多么纯粹又执着。想来那也是一种"应季"的天理，美好的事物往往都有特定的期限，美食是这样，人生也如此。

但我还是会在立夏那天去外头逛逛，微波炉加热的八宝饭或塑料袋包好着的饭团子，看到糯米制品就买一点尝尝，权当是一点回忆的萤火，在黯淡的夜里闪出一丝清新的光来。

落雨几事

外面下起大雨来，初夏的傍晚，天色黑得晚，下雨的天空呈现昏昏的暗褐色。雨越下越大，到路灯重重亮起来的时候，只听得沙沙一片，像无数的蚕在啮食桑叶，声音似乎是有颜色和温度的，即使在室内也感受得到那天幕的沉郁的蓝紫色，雨连成线坠下，路灯照出一方惨白的影子，雨变成粗粗的白色的线，顺着风势斜斜地落下。凉气和湿气从玻璃窗外渗进来，雨声时大时小，最终变大了，一发不可收拾地咆哮起来，而顺着风势刮进来的雨打在铁栏杆上，滴滴答答，如夜漏，在这样广阔苍茫的夜雨背景下，这滴滴答答的声音格外惨然。

我关了灯躺在床上，漆黑中听觉变得异常灵敏，雨声，远的是想象中的落在树叶上的声音，油亮崭新的叶片，像上好的二胡上的蛇皮，近的是落在楼下汽车上的哒哒声，带着一点弹跳的排斥，而泥土是温柔的闷声，永远容纳，永远可用来滋养生灵。打雷了，也是远远近近地。

我疑心是刮台风了，而此地没有台风，只是我的想象。

离开家乡时间长了，连台风都想念——不是想念台风本身，而是想念有关台风的回忆。这样大风大雨还打雷的天气，若是在家，一定是要换上塑料底的厚拖鞋，把家里的电器茶座都拔掉，全家搬着小凳子躲在过堂里。过堂风吹过来，饱满地含着外面树木洗净灰尘的清新味儿。我把拖鞋甩掉，赤脚踩在冰凉的大理石地板上，母亲恐吓我这样会被雷击，我吓得忙不迭将鞋穿上。我坐在小板凳上什么也不想，也不觉得无聊，只是抬着头看厨房玻璃窗外的雨景。台风刮得肆虐了，噼噼啪啪打在窗上，不是一个一个水印子，而是像泼水一样一大片一大片，玻璃窗的外部被冲洗得格外干净，甚至里面的部分都比不上了。这种下雨的天气，不开灯，天很快就暗了，不知是不是回忆里的错觉，我时常觉得空气里的氛围是黄褐色的，那种恹恹的有些压抑的黄褐色，像装化学药剂的棕色瓶子，若人可以躲进那小棕瓶，看外面的世界大概就是那样的颜色。

家乡小镇，每年台风天都会停电停水，有时大概是为了供应市里，就按计划挨个小镇地调配资源，停电停水都会提前预告。最怕是台风吹断了或毁坏了哪里的设施，突然就一片黑暗。家家户户都打开门，上上下下去问邻居：啊，你家也断电了呀，我还以为是我家一户呢，没啥没啥，就来问问。邻居都是熟人，若觉得白呆着太无聊，女人们就聚在一起聊聊天，笑声很大。天暗得实在看不清了，就拿出蜡烛来点上。乳白色半透明的大支蜡烛，朴实经用，家家户户都备着一袋子，蜡烛光温暖安静，橙黄色的灯光里，烛油无声地慢慢往下淌，刚化的烛油烫，过一会儿就凝固了，这期间若是把握好时间，就可以把烛油拿下来捏着玩，我喜欢把烛油再放回烛心，看它再烧一遍。这种情况不写作业也无妨，因为妈妈觉得伤眼睛。

因为台风而停电的日子很多，我印象里是这样。因为年年都长痱子，雪白的痱子粉扑了又扑，纷纷扬扬如散花，还是没起作用。我小时候学钢琴，每年暑假要考级，天天都要练，没办法，大风大雨就被带到爸爸任教的中学琴房里去，那里有电风扇。我叮叮咣咣敲一气，心里气愤得很——难得遇到这么恶劣的天气，怎么还要练？

夏天不规律的停水停电，我早已习以为常，不舒服也只有忍耐着罢了。以为市里也一样，就想，市里那些有电梯的建筑，若是突然断电了，里面的人怎么办？岂不是要吓死？我可是害怕的，就暗自在心里发誓不坐电梯。

后来搬到市里，第一个夏天，水电全无问题，台风天也不例外，我非常震惊。想到乡镇的生活，觉得市里太过奢侈了——连学校的班级里都有空调，还有两个！电风扇也有四个，太浪费了。

乡镇生活的记忆里，台风天的颜色是迟暮的褐色，市里遇到台风，这钢筋水泥的世界就会罕见地流露出自然的清新之气来，整个城市出奇地干净，变成了带有银灰色和绿色的奇妙色彩。不知道是不是水泥地吸水没有土地好的缘故，街角路面涵着水，排水系统哗啦哗啦，在拼命疏导。我站在高楼上望，风大雨大，望去白茫茫一片，风萧瑟地灌在衣服里，大夏天仍觉得砭人肌骨。近处的楼房都看不到了，雨声极萧条，如泣如诉，古人登高时感慨的风雨飘摇之感油然生出。

台风来的那几天，天气预报不厌其烦地播报，我每每看到身处之地上空被灰白色浓重的厚云层遮蔽着，就想起梵高的油画，好像是可以触摸到那油彩的厚重感。台风走后，天开始放晴，我很少看到彩虹，即使难得看到也觉得非常虚幻，只觉得空气清新得让我感动，深吸一口，舒服得能让人冷静下来，和这城市平日的浮躁气息大不相同，好像是农村蔽日的树林里的味道。

台风天气恶劣，学校都会酌情停课，奇怪的是，我一直没有在台风天外出的记忆，其实这么多年下来，即便是没有在台风天出门，那么大暴雨天气一定是有的，但我并没有这样的记忆。大雨大风，或是厄尔尼诺现象出现而导致的大暴雪，只有在家里，关着灯看窗外的视角与记忆。或许因为即使冒雨回家，也可以立刻换下湿衣服洗澡，所以不愉快的回忆就此淡忘了。

后来我离开家乡，才真切感受到恶劣天气里的不易。此地无台风，但风势有过之而无不及，这种天气下伞形同摆设，即使是逆着风奋力撑开，听到的唯有伞骨的垂死挣扎之声。风刮得刻薄，而且风向常变，可以把全身都淋湿。我狼狈地行走在路上，只庆幸自己绝对算不上瘦，故不用担心会被吹跑。等到了室内，一待就是一上午或一下午，体温慢慢烘干衣物，鞋子却干不了，等可以回去的时候，我深一脚浅一脚地走着，鞋子吸足了水发出挤压厨房海绵时的声音，索性无所谓地专往水坑里走。

大雨天赶路尚且艰辛，何况是不得不在外工作和讨生活的人。我就此产生了新的体悟，不由得感慨从前的我实在不懂生活。站着说话不腰疼，说的就是没有类似辛苦体验的人吧。以前在新闻里看到的恶劣天气，甚至演变成灾害，造成人员伤亡，而电视机前的人却少有感触，有的只是庆幸。因为距离那种感触太遥远，遥远到尽力想象也无法达到。恶劣的天气，人们唯愿躲在安逸的室内，而马路上永远熙熙攘攘，车内的尚且有避雨之处，那些带伞的或是没带伞的狂奔的身影，又何尝不是在外劳苦奔波的人呢。生活不易，"讨生活"这个词是方言里来，看着就觉得凄惨。

所以当我再次遇到大风或大雨天，小时候的轻松之意都不存在了。那风雨飘摇的迷蒙之感，那飒飒的万物奏鸣声，只是身在室内无饥馁之人的视角，如同古时帝王在雪灾横行时，身穿貂裘手捧暖炉，咏叹雪景纯美。如今网上调查"你觉得最温馨的一刻"，常常看到有人如此回答：窗外风雨大作，而我在家里的床上，边看电视边吃东西。诸如此类，无不尽力说明自己与外界环境差别之大，仿佛小快乐唯有在大的悲伤的幕景下，才可显出那温馨的萤火之光来。怎么看是各人的权利，而我只是觉得未免太过残忍。所谓"廉价的同情心"，我看到这个词就想到自己，因为到底也无可奈何。

早年学过杜甫的《茅屋为秋风所破歌》，虽然知道杜甫是心怀国家的现实主义诗人，但所谓的"崇高伟大"等评价太空泛，是从冷冰冰的教科书上学的。现在再看，最后一句"安得广厦千万间，大庇天下寒士俱欢颜，吾庐独破受冻死亦足！"真是大气象。

秋

味

一场秋雨一场寒，秋天的早上和晚上，无风便可以冻住一个个还没从夏季炎热中脱离的身躯。朝阳夕阳，只能用眼睛嗅到天边腾腾抹开的橘黄橙红，鼻尖摩擦到的空气凉凉的，似乎嗅觉也冻住了。秋天开的花不多，人们似乎是还没有从繁花似锦的夏季花中适应过来，大红大绿的夏季已经过去，繁盛到杀气腾腾的生命力却印在人们心里。初秋慢慢过去，直到秋雨绵绵后终于降温，需要加衣的时候，人们才突然发现，深秋已经到了。

深秋是被嗅觉唤醒的，粗心大意的孩子们，两点一线的大人们，低头行走的学生们，眼神里是茫然是匆忙，难留意到秋季浅浅的花宴，不是被淡雅的菊花，也不是被柔丽的木芙蓉惊醒，而是被细小不起眼的桂花唤醒。秋季午后的阳光金黄，被时间拉得无限长，斜斜穿过那些阳光稀薄的角落，一切都静谧，一切都懒散，灰尘也是迟缓地飞浮，桂花就暗暗盛开在这样的午后，在阳光下暖暖蒸腾起来，人们在阳光下站一会儿，回忆也蒸腾起来。张爱玲将回忆的味道比作樟脑丸的香味，甜而惆怅，这也是民国的味道，而我所感觉的回忆正如午后桂花的香味，甜而家常，细小却隽永。

早上晚上的桂花香，却是和午后的大不相同。午后温暖的阳光褪尽，月光下的桂花是"兰叶春葳蕤，桂华秋皎洁"；似乎是清幽而淡漠的距离感，古人说月亮里有桂树，"不是人间种，移从月里来"。广寒宫桂花的香气，和嫦娥玉兔一样冰清玉洁，古时失意的文人并不觉得桂花情疏迹远，虽然清高却浓郁，亦是默默给予慰藉，较之温软缱绻花香的安慰更来得宁静。戏文故事里，后花园必有池塘，池塘边必有桂树，未必是为了欣赏——桂花隐秘细小，有什么好看呢？求的是倚窗读书时，淡淡飘来桂花香，清香宁静，更觉天地高阔。

用一个词来形容桂花，大部分人都会说"甜"吧，的确，丰收的秋季，金桂和肥蟹经常被挂在嘴边，在桂花前面加上"金"，是人们对丰收祥瑞的期待，我形容桂花，用的是"家常"二字。我小时见到的桂花是月白色，花朵也稀疏，密密藏在叶子里面，翻开才见。香气却毫不含糊，秋风一宣传，家家户户都争先嚷嚷着"桂花开啦！"小孩子们搬着小板凳去捋一些，洒在茶里或做海棠糕，味道极好。浅褐色的海棠糕，端出来的时候颤巍巍，上面撒了些的红绿丝和桂花芝麻，香气扑鼻。老式的海棠糕当中还有一小块猪油，晶莹剔透，热气蒸得油汪汪的，咬一口香甜软糯，桂花恰是解腻。如今是不常见了，人人怕三高，做菜连猪油都不放，海棠糕没了猪油，不用桂花解腻，也不必放了，点了桂花味的香精，单有桂花香气，却没有丰腴滋味。虽说做工精良，到底是难吃到正宗的了。那滋味就如同老香港人心心念念的猪油拌饭，不吃总是怀念，吃了又觉得不及儿时心里的那一碗。说到底，还是因了小时候时光再不复来，所以又多了一丝惆怅。

如今还有桂花糕、桂花糖，却总觉得够不上"家常"二字，桂花糕总嫌吃起来没有看起来好，粉色的糕，模子压成规规矩矩的四瓣梅花状，不知是用糯米还是什么材料做成，颗粒大又没有馅，我不爱吃。如今的桂花糖不过是现代人假模假样的"桂花心结"，什么桂花糖，不过是加了桂花味香精，图个嗅味儿罢了。真正的桂花糖，可稀罕哩，新鲜桂花加白糖密封，做成一支支的，外面滚上芝麻，对食材、火功的要求极高。《红楼梦》里，"袭人听说，便端过两个小捧丝盒子来。先揭开一个，里面装的是红菱和鸡头两样鲜果，又那一个，是一碟子桂花糖蒸新栗粉糕。"小时候看《红楼梦》只看热闹，稍大一点看情感，如今却是对其中吃食感兴趣起来了。

家乡还有一样特产，熏豆，是把毛豆和各色调料放在锅里煮，烘干成的吃食，熏豆有嚼头，是下酒好菜，用来泡茶也是极佳，熏豆加茶叶，撒上一把芝麻和桂花，丰丰富富的，桂花是不久前捋下来晾干的，若是没有，新鲜的撒几朵也是喷香。

　　有人大概觉得把"天香云外飘"的桂花和美食相联系有些煞风景，而我正爱桂花这朴素家常的烟火气，可赏可闻可入药亦可做美食，文人爱她，说它天香，俗人也爱它——不仅能看，还能做香包，做美食，朴实亲切，像旧时乡下人家的炊烟，袅袅婷婷，姿态优美，又预示着丰盛的饭菜即将上桌。回忆里深秋的时光，乡下人们坐在灶口前向里添柴火，用火钳一挑，火苗窜上，发出嘶嘶声，孩子们在院子里踮着脚尖摘桂花，被烟呛出了眼泪，嚷嚷着跑开了。

树
犹
如
此

久不回乡下的家，家人与我打电话时不经意说起，东面桥口边的那棵大香樟树被锯掉了。

我讶然，"哦"了一声，就默默了。

我的低落很快被听出，家人马上补充说："那棵树高高大大多好呀，二十多年了，可惜是邻居家的，不是我们的，他们要砍，就只能砍了。"

"当然不由我们做主啰。"我在心里说道。

从小在乡下长大，看着砖瓦平房越来越少，水泥建筑越来越多，回忆被当空推倒的感觉早已不是第一次了，但旧屋子推倒了新屋子盖起来，人还是那些人，进进出出还是欢声笑语，植物却不是，稻田中盖起了仓库，池塘被填平，树林被造成了车库——那些静静的生命去了哪儿？那些蜜蜂蝴蝶、小鱼小鸟，又去了哪儿？满眼冰冷整洁的坟墓，却连一个悼念的地方也没有。

那些记忆里的大树，闭着眼也看得到它们郁郁葱葱的模样，记住的也只是它们生机勃勃的样子，因为，都不是自然的生老病死，也不是自然的天灾，全都是因为人力而消失。那么猝不及防，让只是个孩子的我深感生命的不可控。

记得最清楚的，是小时候门前小河边的一棵大桃树。从我记事时就在那里了，枝叶茂密枝干粗壮，因为在河边所以并不敢攀爬。年年春天可以看到满树桃花，薄薄的花瓣，开得盛气凛然，像粉色的风。初夏可以吃到桃子，乡下人称作"毛桃"，青色的，婴儿拳头一般大小，上面很多绒毛，因为不打农药，偶尔会看到小虫子。但是小孩子等不到结果，往往在春天就把开得最好看的桃花枝折下来插瓶，大人骂也不改——是啊，烂漫的韶光谁不想固定在瓶子里留住？小孩子不接受未来，只专注于眼前。那桃花开得也实在好，远远就看到，连路过的行人都采下几朵。初夏桃子结果的时候，果实都在够不到的高枝儿，大人们拿出长长的竹竿敲打一阵，方集满浅浅的一篮。毛桃口味不怎么样，个儿小，又是生硬的，但因为是看着它们长大，大人孩子都乐于尝，心里多少都有点莫名的自豪和喜欢。

后来一个夏日的雷雨天，大桃树被雷劈中，那时候我在镇上上小学，等到周末去看时才发现枝叶早就被拖运走，只剩下三个窄窄被劈开的树墩子。我仰头，第一次以这种姿势看到天空，心中无不怅然地想到：若是没事，眼下已是吃毛桃的时节了。

之后的一个春天，春雨过后，早已被杂草覆盖的桃树墩子竟然发芽了，大家都围着看，大人们掩盖不住欣喜地说："还在呀，树是有神灵的呀"。继而又转身呵斥嚷嚷着什么时候可以再吃桃子的小孩子们："早呢！"小孩子被呵斥了也不在意，笑着蹦蹦跳跳，感觉雷电并没有夺走大桃树，只是赋予了它新生。

再后来，河边要建房子，大桃树被砍掉，根挖了一上午，挖出来了，滚在河边，伤痕累累的。

不知怎么的，我总是记得小时候的初春，远处的油菜花开了，桃花也开了，我站在桃树下仰着头，桃树枝好高好密，层层叠叠中，看到碎片一样的天空。

那是记忆里第一次经历这样的失去，对于"无能为力"这个词有了更深的理解。生命力那么顽强，躲得过闪电，却躲不过人祸。桃树根被挖出来的时候，看到下面有无数的根紧紧抓着泥土，细长却坚韧。顶端的枝条还是郁郁葱葱，它们还不知道营养的源头，已经被切断了吧。

那是生的凌迟。

后来看到一部电影《怦然心动》，小姑娘朱莉为了保护门前的那棵大树不被伐木工砍伐而爬到了树上，但最后还是被拽了下来，她流着泪怀念着她在树上看到的清晨和傍晚，春夏和秋冬，树最终化成了一张浓墨重彩的油画。那种苦痛和无能为力，竟是如此的相似，无可奈何而哑口无言，只能化为回忆或为它找一个载体。人们似乎从没意识到植物亦是生灵，只是有没有挂"国家一级保护、二级保护"的区别。而挂了这些牌子的植物，与人们的生活似乎格格不入，保护仅仅是免于惩罚。我曾在浙江的一个偏僻的村子看到过一棵五百多年的大香樟树，三人都无法抱过来，黑褐色的树干上贴了许多红纸，是镇上的小孩子认树为干娘的凭证。那是一个很小的村子，我走得越远，越忍不住回头去看，那"亭亭如车盖"的树荫下住着的，是无需多言的哲理，自然却久违。

白居易有言"人生莫做妇人身，百年苦乐由他人"。时代的变化让这句话的意思在当今并不适用，也让人们更无法理解无能为力的意义。而将诗句的对象换做树木，想到那些多年之身一朝尽毁的时刻，似乎才可以真正体会到生命的反复无常。白先勇的《树犹如此》是我不复再看不忍再看的作品，生命如同树，即便爱依旧深厚，却终将无法阻止失去。爱的深厚和细腻，生命的脆弱和遁逝，离别是那样的猝不及防，让他在多年后才能以平淡的语气释放。第一次阅读的时候我还是个初中生，不理解"亡友"背后的意思，只是暗自猜测寻常朋友之感情竟深刻至如此不可思议，而如今，理解了那些背后的故事，也明白了以"树犹如此"做题目的悲凉和无言。书中的意大利柏树，恍恍惚惚，如同断掉的墙垣，苍郁却悲凉。

树犹如此，人何以堪。

二十四花品

夏天到了，是初夏特有的的稚嫩的热气，白天热得再凶，傍晚时分一阵风就吹走所有暑气。清晨和傍晚仍是冷清清的凉意。我住的地方靠北面，照不到太阳，早上七八点醒来时，窗外望去还是一阵迷蒙，大楼淡青灰色的阴影投射在地上，常年被大楼遮去阳光的几棵海棠树蔫蔫地站在角落里，瘦小细弱得让人产生怜悯之意。

那几棵垂丝海棠还是幼树，春天的时候小心翼翼开出淡粉的花苞，花骨朵固然可喜，完全绽开时却是近乎淡白的颜色，像缺少血色的少女的脸颊。花瓣散落落的，大而无力，没几天就被大风吹走一半花瓣。此地春天风沙大，建筑物之间间隔又大，所以风力甚足。花一年只开一次，因为这宿命，花事惨淡成这个样子，我只觉得非常惋惜。

垂丝海棠是非常普遍的植物，因为春天开花早，花又开得繁多，远望就是一片绯红色的云霞，开春就看到这样的场景总让人觉得喜气洋洋，所以近年来城市里大量种植，但良莠不齐，有些植株细弱矮小就被大量移植，拇指食指圈起来的粗细都不到，春天开花时怯生生地，尚不足人胸部高，我住的地方楼下便是如此，冷冰冰的一片钢筋水泥世界中，单独栽种七八棵垂丝海棠，零零落落的，教人看了只觉得寒酸。

印象里看过令人惊叹的垂丝海棠，初中的校园里，教学楼前有一个荷花池，周围有藤萝架，小小的空间里种着很多植物，包括四五株大棵的垂丝海棠，看起来总有些年头了，比人高出许多，枝干虽说不上粗壮，却也够得上坚实。平日是普普通通的绿色，到了春天，一个回暖日忽地绽出密密麻麻的花苞，未开放就已是一片红云，过几天慢慢地开放，绽开的花朵便是粉色，花苞仍是深粉色，深深浅浅参差交叉着，浓淡相宜，只觉得怎么开也没个尽头，油画只可模仿出海棠花的颜色，用各种颜色调和出层层叠叠的效果，却无法呈现那花瓣的质感和色泽。那色泽真如少女的脸颊，矜持和羞涩下，是微红脸颊上若隐若现的血脉。不像牡丹的凛然贵气，也不是梅花的冷清孤傲，海棠花娇媚柔和，却不妖气，很可亲。杨贵妃雍容柔媚，唐明皇见到的迷醉的杨贵妃，残妆不整却仍旧惊艳，"海棠春睡"之态，想来自是天然一段风流。自古以来描摹海棠花的诗句非常多，文人对海棠的爱是亲近的，爱慕的，也是可得到的。由"海棠春睡"引申的想象和描摹，唯苏轼的"只恐夜深花睡去，故烧高烛照红妆"读来没有淫靡之气，虽是极美，却不生狎昵的念头，唯有珍惜爱护之意。

海棠没有香味，张爱玲说"人生三恨"，其一就是"海棠无香"。越是外表普通不起眼的花越是香味芬芳，桂花、茉莉等香花界大名鼎鼎的花样子皆细小，颜色也浅淡简朴，胜在花簇众多，味道自然醒目。牡丹玫瑰等愈是单朵盛开，艳丽夺目的花，在香味上似乎总是平凡一些。海棠虽不算一枝独秀，可体态之风流娇媚，色泽之明艳动人也是花中少见。而海棠的确是无香，看到盛开的胜景，人们总觉得嗅觉贫瘠，要想象出几丝幽香，一厢情愿至此。张爱玲的"恨海棠无香"，说这是遗憾，莫如是侧面极赞海棠之美，喜爱到极致，才会觉得美中不足，乃至于追求完美不得而觉得长恨了。"叹人间美中不足今方信"，虽是遗憾，到底是无可奈何。

垂丝海棠落花的时候很悲戚，因为花苞开放有先后，往往不是一下子凋零，而是逐渐飘落。花瓣稀稀拉拉缀在枝头，颜色也是纸片一样的苍白。好在绿叶同时萌发，长势旺盛，几乎不给人惆怅的余地，转眼就亭亭如盖。

高中的校园里也有垂丝海棠，但点缀在小土堆上，不大起眼。初春最吸引人眼球的是白玉兰，如果有哪一种花最适合初春的校园，我想那应该就是白玉兰了。校门进去有一条长长的马路，穿过高一高二高三三栋教学楼，另一边是小湖。这一路上栽着高高的白玉兰树，直挺挺地矗立着。春天的某一天清晨，走进学校的一瞬间目光就被吸住了，两排白玉兰树缀满了白色的硕大的花苞，含苞欲放。从未见过这样冰清玉洁的花树，从姿态到颜色，全然没有一丝富贵气息，只能感受到纯净和大气，是贵族女子的端庄，绝不是小家碧玉的忸怩。我曾在夏天去厦门旅游，大巴内空气污浊，人又多，大巴外是人流如织的街市，从太阳落山到夜色浓重，我拉着杆子，头昏昏沉沉，尽力控制着不要倒下。就在一瞬间，像是圣光出现一样，突然整片街道的路灯全亮了起来，高高的路灯呈花式分散状态。悬挂着密密的小灯，白色的灯和银色的装饰，纯净得如同梦幻。学校里盛开的一路白玉兰，也是这样美得让我觉得恍惚。不同的是，白玉兰是春的使者，是天然的花的精灵，我走在那花道下，心里无端生出静意来，仿佛就此可以下定决心做事情，不再受浮靡的春风影响。

现在城市的马路旁也多种白玉兰，春天开的时候依旧是端庄静气，开车的人赏心悦目，却不至于被分散了注意力。这想必就是无言身教的极致了，所以在学校内种白玉兰最是合宜。

高三的春天以后，白玉兰的盛况也看不到了，因为学校将它们挖走，换成了高高的柚子树。

山茶花最是性格暴烈，高高的植株，硬硬的油亮的锯齿边叶子，总是拒人千里之外的冷漠，一年四季都是一个样子，等到春天却一下子和东风谈起恋爱，几天之内绽开一树结实紧致的花苞来，抿着嘴巴，等着全面开放的一刻。及到开花，鲜红的花瓣像最浓烈的爱情，也像女人厚重的红唇。一棵山茶花树开起花来足有几百朵，一意孤行，我行我素炫耀着爱情的样子，实在是让人觉得不简单。山茶花上蜜蜂很多，这样艳丽决绝的个性，是生灵不得不爱的吧？

山茶花凋零的场景宛若车祸现场，急匆匆一下子就结束了，不带一点过渡和犹疑。甚至说不上是"凋零"，而是"毁灭"。一夜之间树下尸横遍野，多数还是完整的花朵，就忽楞楞脱离了树，一下子摔在地上，鲜红的花朵掉落，艳丽得触目惊心。山茶花是"自戕"的么？恋爱时绽开最美艳的一面，及到发现东风意乱情迷，被其他花吸引，就毅然断绝爱恋，自戕其身，留一地残红。汉乐府《有所思》一篇中的名句：

"闻君有他心，拉杂摧烧之。

摧烧之，当风扬其灰。

从今以往，勿复相思。

相思与君绝！"

我初次读到就想起山茶花，决绝又悲伤。小仲马的《茶花女》中玛格丽特酷爱茶花，不知国外的茶花和中国茶花是否一样，但玛格丽特纯真执着的性格，恐怕也和茶花有类似之处吧。

山茶花后就是初夏了，初夏节气里万物都蕴含着无尽的力量，在做着准备。盛夏时有荷花、紫藤花，一开起来就是轰轰烈烈万马奔腾，因为这是夏季的花，有足够的精神和傲气来面对热情。初夏的花况有些青黄不接，人们还沉浸在暮春的愁绪里，春花开始结果，只有少数小小的野花绽放在田野上。印象里唯有一种水生的金黄色花开得稍热烈些，枝叶修长繁茂，一簇簇长在小河边，因为不可近观，只能模糊感觉花型有些像虞美人，仔细看又不大像。也不是水芹，黄水仙也不是这个季节开花。金黄色的大朵花缀在枝头，河边开得很茂密，初夏湿润温暖的风吹来，花轻轻摇摆，显得极为秀颀。傍晚的天色极美，是晶莹的墨蓝色，辽远透明，站在这天幕下会无端生出反省来，我有时候喜欢靠在桥上吹吹风，想想未来或人生，总之就是和天空一样辽远的人和事，每当收回视线，心里空落落的时候，近处河岸边的黄色花朵就陪着我默默点头，儒雅如同君子。夏天里栀子花开得较早，花店里有盆栽栀子，拳头大小，竟也能开出不少淡白的花朵来。鲁迅《朝花夕拾》引子里写道："广州的天气热得真早，夕阳从西窗射入，逼得人只能勉强穿一件单衣。书桌上的一盆'水横枝'，是我先前没有见过的：就是一段树，只要浸在水中，枝叶便青葱得可爱。看看绿叶，编编旧稿，总算也在做一点事。做着这等事，真是虽生之日，犹死之年，很可以驱除炎热的。"

这"水横枝"似乎就是栀子，栀子枝叶油亮翠绿，插几支在水里养着，就是只看形态颜色也是好的，孤单的岁月里，有一抹青翠陪伴是可以驱散烦忧，给人以鼓励的吧？

栀子开花的时候方圆几百米都可以闻到，炙热的中午，太阳愈烈花香愈浓，散发着芬芳甜腻的气息，肥硕的花瓣是极为浓稠的乳白色，未开完全的花朵外薄薄包着一层浅绿色，像是女子裹着的透明薄纱。韩愈有诗"芭蕉叶大栀子肥"，极言夏季雨水充沛时的万物胜景，栀子花也的确独特在一个"肥"字，开着的栀子花洁白丰润，初看似乎清丽，实则暗香浮动，暧昧可人，肆无忌惮地勾引着小虫子，在花心里爬来爬去。我小时候摘了一朵栀子花回家，养在水盆里，一会儿浮出不少细小的虫子，吓得从此再不敢摘。栀子花香味浓烈，是成熟女子的诱惑，肥白的花瓣宛若胴体，喷吐着欲说还休的气息，夏日漫长的午后也因为栀子花的妖娆而生出暧昧。曾有一次经过一株几人抱的大栀子树，香味芬芳，站久了竟觉得头晕起来，立刻缴枪投降，走得远远的。

美中不足的是栀子开过后的样子太颓败，如同老来再也无心打扮自己的风流妇人，自暴自弃地老在树上，慢慢变成黄色褐色，腐烂在枝头，爬满了小虫子，阳光炙热地晒着。这放任自流的丧气样子，实在不复不久前诱惑的娇媚。

古人咏栀子多咏其白润和香气，唯有杜甫写得最为朴实，《栀子》一诗前两句："栀子比众木，人间诚未多。于身色有用，与道气伤和。"写栀子可用之处甚多，入药染色皆可。与"一庭栀子香"比起来，杜甫重栀子实用性，俨然老学究气派。

夏季花众多，中学校园里有荷塘，里面有睡莲，边上还有紫藤萝架。小镇上的人们吃罢晚饭，有时也去学校里逛逛，以前还见到满池婀娜荷花的场景，后来等我上中学时，不知为何，有一年只稀稀落落开了几朵，远在池心。《爱莲说》中的荷花过于清洁廉正，虽心生敬意却也远不可及，我爱的是《浮生六记》里的荷花，芸娘和沈三白这对伉俪真会享受生活，心灵手巧的芸娘，夏日夜晚将茶包放在荷花花心里，次日拿出来烹煮，清香妙不可言，荷花仿若是触手可及的平民女子了。荷塘里花开得少，荷叶倒是茂盛，高高地像伞，《荷塘月色》形容"亭亭如舞女的裙"，风吹过时潇潇飒飒，"莲叶深处谁家女，隔水笑抛一支莲"，果然极美。若是荷塘足够大，撑着船在其间穿行，荷叶层层叠叠，遮天蔽日，船上采莲的少女，一定是红润健康的脸庞，乌黑的头发挽成发髻，脂粉不施，青春逼人。

　　小学时学过宗璞的《紫藤萝瀑布》，文章在老师不厌其烦地拆文拆句中变得益发苍白，我记背诸如"转悲为喜""感悟人生"之类问题答案，不胜其烦。后来再看，虽然仍不大喜欢，却也不像记忆里那么糟，"深深浅浅的紫"一句我很喜欢，因为想起紫藤萝开花时的喧嚣，颜色的确是无比协调又有差异，好像是油画的颜料怎么也调不出来的和谐。深紫色总让我想到颓唐和脏兮兮，即使古典里说紫色是贵族的色彩，象征着无比的尊贵，也激不起对它的敬重来。紫藤萝胜在凝聚力，单看一朵很平常，成百上千朵汇聚在一起就有了大气度，经过这样烂漫的花瀑定然要想起人生的波澜的，难怪宗璞会想得那么多，只怪是在语文课本里认识这文章。

　　同样是在语文课本里，季羡林的《夹竹桃》就可爱得多，我极喜欢这文章的不含糊，虽然朴素平淡，却毫不做作，老少皆宜，语文课本里没多少好文章，在没有课外书可看的，百无聊赖的课堂上，我就一遍一遍地看《夹竹桃》。这是对朴素谦逊气度最初的感受，我不喜欢将这形容为"大师气度"，但确乎是春风拂面，丝毫不糊弄读者。小学学校里有非常多非常大的夹竹桃，夏天开出一树粉的白的花来，我很小的时候听说夹竹桃有毒，因此怀着惧怕的心理，每次路过就匆匆过去，不敢细看。所以夹竹桃的真切印象反倒是从季羡林这篇文章里得来的，"一嘟噜一嘟噜"的且韧性、沉默寡言的性格，还有月下花叶影子的参差斑驳。《浮生六记》中还写到，沈三白一朋友画兰花极好，是从月下兰花在墙上的投影里来的。还有苏东坡的"庭下如积水空明，水中藻、荇交横，盖竹柏影也"。我觉得虚无中生出的姿态极美，何况花叶摇摇摆摆，宛若有了生命。"性灵"就是这样了。长大后再看这篇文章仍觉得很美。

　　除了这篇文章和小学时花树模糊的印象外，夹竹桃还给我一种如梦如幻的滋味，那是后来的事情。我家搬到市里，道路两旁满满种着夹竹桃，且极大极茂密，像是植株的围墙，密不透风。晚上路过时，巨大的橘黄色路灯照在夹竹桃上，即使是纯白的花也染上橘色，都是微醺的，毛茸茸的一片，像悬浮在黑色森林里的白色小精灵。那条路我走了三年，每次路过都是晚上，因为高中晚自习结束已是九点半。夹竹桃花期真是长，暗暗地生老病死，让人都忘记了时间在流转。我时常愣愣地想，去年这花不是也一样地开吗，怎么忽然自己就大了一岁了，再说，几岁又有什么分别呢。诸如此类的胡思乱想，是黑夜的特权，因为在黑夜温柔的魔法下，所有的女孩都是公主。至于白天是什么样的情景，我总觉得"太阳底下无童话"，所以记不太清了。

秋天人们盛赞菊花，诗歌里的菊花是隐者，和当代人从"菊展"上看到的花大不一样。菊展胜在"奇"，各式各样的颜色和姿态，金黄粉红，还有稀奇的蓝色和绿色。即便本身不出彩，也要几百上千盆堆在一起摆出奇异的造型来，菊花竟是变成了秋天的牡丹花，是富贵的象征了。牡丹展尚是尊崇花开规律，舒舒服服长在土地上，让游客前去欣赏，而菊展竟是连根基亦不留，索性"赤条条来去无牵挂"，养在单薄的小桶里，土质稀松，让人怀疑这花中君子何以沦落到这般地步。陶渊明"采菊东篱下"书写的想必是野菊花，小小的，纤细的一丛，低调又决然地开在天地间，何等傲岸！后代文人画陶渊明像，总是一袭白衣，手持硕大的多瓣菊花，在风中背着手潇洒站着，一派文士的风流。可惜陶渊明的自我形象更趋于农人，即便不是一个优秀的农人——"种豆南山下，草盛豆苗稀"。然而连收成亦不在意，而是固执要寻求自然之理的陶渊明，又怎会仅仅是个农人呢？"带月荷锄归"似乎别有情味，背着锄头，日落而息，此时看见一丛田野上盛开的野菊花，摘下一朵细嗅，一抬头看见对面悠悠然的南山——何等朴实又大美无言。

菊株和人一样，非得根基结实，立足于大地，果子（花）才好。

小时候母亲单位有一丛野菊花，平日掩埋在如盖的桂树下，风头被大抢，但细看则毫不颓废，枝干秀颀纤细，一截截刚劲清癯。开花的时候，花朵小若硬币，花瓣是浓赤褐色，小而耐看，片片聚拢，张弛有度，精巧得如同艺术品。悠然开在桂树下，丝毫不在意阳光雨露恩泽，一派天成。那棵菊株已有好些年份，到我十多岁离开小镇，它仍是这般生长着，秋天绽出小花来。我时常想到它，想到它看似平常又强劲的根基和植株，感慨若非野生，且常年积聚土地的精气神，何得如此神色。

菊花的隐士气质，人道是最超脱凡俗，其实最要和这大地和田野紧紧贴合，唯有根基牢固，才有对抗秋寒露冷的风范。这也是中国隐士的风度，隐士和农人之间模糊的界限，微妙如同恋人之间的关系，不合又不离。也恰是田野的慈悲，给隐士们的"世外桃源"备足了活下去的储备。

乡下门前花栏里种着观赏性白色菊花，却疏于打理。重重的青白色花瓣团得很紧实，芯子是清冷的淡黄色，叶子毛毛的。单朵好看，但植株整体不佳，似乎是因为种的时间短就匆匆开花，所以每次都是一副未准备好的疲懒样，且矮胖纷乱，花又太多，就像是花株从窄窄的花栏里撞了出来，赤愣愣地，又不像夏天绣球花撞得那样理直气壮，菊花可不适合"千朵万朵压枝低"！所以看起来竟是有些局促可怜了，我不爱这样的"家养菊"。

秋有菊花冬有梅，菊花梅花在人眼里成了季节的象征，近乎神灵的地位，所以不谈也不行——印象里秋冬花事寥寥，反倒是树叶色彩稠密，到秋末就纷纷变红变褐，枫叶自然是一大美景，只是深红得萧瑟，秋天风又大，即使在平地上也感受得到一股肃然之气。潇潇飒飒从远处天边腾过来，林间声音渗透到人骨髓里，不由得裹紧衣服，想着到底是秋天，即便色彩照样繁多，也毫无春天的浮躁生气，代之以典雅醇正的深红、深青，连湖水都是平正微澜的青蓝。苏州人喜去天平山看枫叶，远处望过去，一层层色泽蕴度，惊叹这是大自然曼妙的配色，就算是极讲究配色和应季的和服也难以模仿，人工只学得到些外在罢了。

另外，城里道路两旁还有一种树，春和秋变幻出无尽的色彩，层层叠叠，从鹅黄、橘色到正红，色彩参差错落而不冗杂，配上秀颀挺拔的枝干，远望去真是如霞云一般，甚至色彩更为丰富，让人疑心偶尔飘下来的叶子也是七彩的。这种树在别处没有看到过。

梅花其实不是隆冬开，而是初春。但春寒料峭，有气魄开那么早，自然是铮铮铁骨。我小时候读"墙角数枝梅，凌寒独自开"未感到美，只觉得强势和寒冷，直读至陆游的"驿外断桥边，寂寞开无主"才真正感到惊艳。那不是完美无缺的形象，反而是清冷孤寂，写梅花的气脉。高高在上的力量难以让人有真切的感动，所以远不如"零落成泥碾作尘，只有香如故"两句来得平凡而真切，仿佛伸手就可以触得到衣角，所以格外令人震撼。"病梅"的病态美和墨梅一样，都有一种格外的光辉，来自于文人墨客心中对梅的印象。美人画骨不画皮，梅的清冷气韵被文人画放大，反倒是更易感知了。

秋花和冬花——或者范围扩大些，秋冬季斑斓的色彩皆是冷色的，即便是热烈的色彩，也宛若用了冷调滤镜，敛去了莽撞的光芒，只剩下色彩本身的质感。那是一种光泽，是四季已走过大半的稳重成熟。名句"霜叶红于二月花"，我小时候记背只以为是失意诗人勉强做的宽慰之语，现在想来自然是欣赏的高度不同。人生有了一定的厚度，自然会沉淀下一种冷静而不张扬的质地，如秋冬季的花事，不复春夏的繁盛和张力，却有着醇正典雅的气魄，更有人生的苦味，如同哲学了。

司空图《二十四诗品》是文学史上的"诗论"，而我只将其当作极好的文章来读。没有追索山穷水尽的探讨，免去了俗白和格式化的语言，文句清丽婉妙，评论文章的风格只绘出意境，留给身外读者自己去体悟。这样既尊重读者的个性，又为文学中不可描述、不可尽言的魅力保留了神秘。原来，无限贴近原有的场景自是一种尊重和爱的方式。花事亦是不可描述的生命和力的美，连其消逝亦如同参禅一样神秘莫测，所以四季花事本身就是一场轮回，看花的人始终只是个局外人。也正因为如此，所以不强求描述出来，只说一种意境，努力去接近那个不可能完全接近的光源，直到回溯到那个万物待兴的原点。

手帕二三事

　　我买了一块手帕，一块格外漂亮的手帕。

　　老实说，上一次使用手帕它是幼儿园时的事了。那时每天早上老师都会搬小桌椅坐在校门口，一一检查进来的小朋友们，若是手指甲发黑，手帕没带，又鼻涕横流，那是要给警告的红牌的，仅没带手帕则罪轻些，给张紫牌。去学校的小朋友唯愿什么都没忘，在灼灼目光下接受检查，待安全拿到一张绿牌后，才舒一口气，跑进班级。我那个时候经常忘记带手帕，好在脸和手还算干净，又有耍赖哭鼻子的恶习，老师们似乎都拿我没什么办法，挥挥手就放过我了。

　　哎，最初有关手帕的回忆可真不怎么好呢。

　　如果说这就是导致我对手帕印象不佳的原因，也不完全对，我厌烦的不是这糟糕的检查，而是手帕在我眼里实在没有半点价值——粗制滥造的手帕闻起来有一种洗多少次都不会减少的工厂味儿，上面印着廉价鲜艳的、目光呆滞的人和动物，不知是什么材料做的，又薄又硬，用来擦脸只觉得像砂纸，也不大能吸收不小心溅在桌上的水。这样不实用又不美观的东西却还要天天带着上学，还决定着能拿什么牌子，决定了一天的心情——家长管这个叫"形式主义"，这个倨傲的词，我在幼儿园时代就有印象了。

上小学后，手帕不再强制要求带着，我松一口气，便转而带纸巾或湿巾，那时候还没有环保减排的概念，限塑令也没有出来，万事只求方便。纸巾快捷，湿纸巾柔软，我乐此不疲。

住校后宿舍里也放擦手的毛巾，不过不是手帕，是"毛巾"。厚厚的朴实的，捏上去很有安全感。好像也曾经想过"要不要随身带一块毛巾擦手呢"，但毛巾叠起来很厚，携带甚是不便，我就此打消了将它带去外面的想法。

手帕毛巾之类与我的恩怨纠葛不深，差不多就是以上的这些了。总之我永远把它们想作"实用但不登大雅之堂"的物品，只能灰溜溜挂在浴室或卫生间里。电视里放清宫剧，女孩子拿出手绢在肩头一甩，"给皇上/皇后娘娘/老佛爷请安"的时候觉得姿态的确婉丽，也偷偷拿妈妈的丝巾出来做样子，但无论如何想不到拿擦手的手帕来模仿，因为"手帕"是实用的，"手绢"是装饰用的，是跳舞的时候，领舞的小女孩拿着做动作的。

现在很多好东西能流行起来，是因为融多种功能为一体。手帕也是这样。

一个卖手工小方巾的店铺，大成品高高地放在抬头才可望到的地方，看起来确乎气度不凡，一针一线全是精神。手工艺品精致，当然价格就不太可爱。"这么贵的东西真的卖得出去吗？"我总是杞人忧天地想。看着店主低头绣花，非常用心劳力的样子，又忍不住到处看看，就算把店主花在那些布艺品上的心思体会一下也好。这时我看到一个角落里摆放着许多小方块形状的布，比方巾小，有些有绣花，有些就是原布料，在不大的场地上展示着花纹的美，四周手工缝合，低调的白色、黑色或灰色线脚，密密麻麻。

"这是什么？"我以为是领花，又觉得做领花似乎和西服不太配。

"哦，是手帕。手工手帕噢。"店主回头看一眼，说道。

我看中一块手帕，底色是浅青色慢慢过渡到蟹壳青，小半面是几枝梅花，白色粉色橙色，都是浅浅的，非常秀丽，上头是银河，星光迷蒙。整个手帕像一幅小型画，有天有地，有枝有叶。

太好看了，我在心里惊叹。麻利地买下它，店主小心翼翼装好了递给我。

"现在用手帕的人多吗？"我问。

"不多吧，不过用手帕很环保……我绣那些围巾要费多大功夫，这些小手帕就当个玩意儿，卖得反倒比大块头好。"店主笑道。

"因为小东西便宜些嘛！"我暗自嘀咕。

我把手帕带回去，又犯难起来：怎么用？倒不是说在"使用方法"上不懂，而是不懂"以什么样的心情去用"。这可是我最用心买过的手帕了，好像只适合放在框子里摆起来欣赏，用它来擦手似乎"暴殄天物"。

说来好笑，那块手帕就被我搁置在包装袋里，有时候不甘心地拿出来展开欣赏一下，又马上叠得整整齐齐再放进去。总是想着要不要当做普通手帕来用，然后又拿出来看看。

像是被这手帕牵绊住了，一天到晚惦记着呢，真是烦恼！

几天后总算说服自己去用这手帕，想着大概是"三分钟热度"过去了。我把手帕叠成小方块塞在口袋里，洗完手的时候拿出来用。一开始还是感觉不习惯，有一种"用围巾当毛巾"的感觉，后来终于逐渐适应了。

用手帕好处挺多，最明显的就是，抽纸用得少了。一想到"环保"这个大事情，平日一扯就是三五张纸巾的愧疚感减轻不少，好像做了力所能及的事情一样，有些小欣喜。

要说这个过程有什么可以记下来的，我想是有关"平常心"的感受吧。

再没有比拥有"平常心"这样说起来容易做起来难的事情了！我的平常心态，只是在作为局外人的时候才有，事不关己，自然心态平和，所以不过是自私罢了，远称不上是平常心。局内人要真正做到平常心，真不知道要经过多少修炼。面对美丽的东西，人人都会想到"珍视"，而"珍视"的潜意识里面或许是希望长久可以保存吧？真是贪心呀，倘若一年四季都是春天，恐怕就不会珍视春景之妙丽了吧。只知生，未知死，总是说着"永远"，殊不知"永远"才是最大的悲哀呢。想来想去，美好的事物之所以美好，不是因为在一开始就知道会失去，所以下意识地想用人力去挽回吗？烟花，昙花，青春，美总是绽开在刹那间。我手里的手帕，不知哪一天会褪色，变旧，破损或是消失。这样的宿命真是人力可以改变的吗？

不知在哪里看到一篇文章，说是把有年代的青花瓷碗用来当肥皂托盘。这作法和心态可真让人受教。不是因为不喜欢，而是因为太喜欢，所以知道应该平常心看待， 物尽其责， 这碗珍贵是因为年代久远， 若去除这些因素， 实质上不过是只放物品的普通碗罢了， 手帕也是一样。 因为喜欢就把心爱的东西束之高阁， 心思就变得固执了， 即佛家说的 "执着"， 可怕的是， 还是执着于这些最表象的浮云！ 因为外表或其他什么附着的 "附加因素" 而高看某些事物——这些可是最容易消失的了！ 等到无常的命运将它们夺去时， 心态会非常不平衡吧， 那又何必从一开始就自寻烦恼地以为可以永久拥有呢？ 何况， 佛家说的 "不执著" 是精神上的， 我理解为是 "放下" 的同义词， 总是物质上容易， 精神上难的。

在物质上都难以做到平常心， 精神上的修炼该怎样谈起呢？ 看来， 还是任重而道远呢。

肢
解
的
美
人

　　我手头有几本高中时候的小本子，那时候不仅仅用来打草稿，还会在有感而发的时候记录下心情或是看法。最近忽地想起来要翻翻，一边看一边笑，除了看到幼稚青涩的烦恼，也有各种愤青的话语。感叹号漫天飞舞，笔力重得力透纸背。在好笑之余，也有一些让我细细回忆的事情和感受，这次看到了一则对议论文的吐槽批评，大概是某次作文拿了低分，一气之下写的。这让我不由得想起高中，那个神奇而错乱颠倒的时代。

——前记

　　高中的时候学作文，各个年级考试卷子上的作文要求不同，高一的卷子上是"以记叙文的方式写一篇……"，高二是议论文，高三则随意，因为正式高考的卷子上都是写着"除诗歌剧本外文体不限"。但高一高二时候还得老老实实按着要求作文，因为错了文体，那作文分数就少得可怜了。

　　这里面我最不喜欢议论文。

　　高一时我读鲁迅先生的文章，一面佩服得五体投地一面期待着高二，满心希望着快点学鲁迅冷嘲热讽又一针见血的样子写文章，呵，准让老师眼前一亮！不过，等到我高二第一次拿着勉强及格的作文分数并听着老师讲解时，一切都变了。题目通常给一段材料，或是小故事，或是小片段，问从中看出什么观点，并作议论文论证。好嘛，不仅仅要"审题正确"，还得想出几个小论点来说明。《伊索寓言》里的小故事，败笔不就是结尾说教式的立意总结吗？考试可不管这些，也不听你的。学校发了一堆又一堆资料，印着一个又一个新颖又少见的名人故事和小例子，"举例子要与众不同，新颖才能吸引阅卷老师的视线——看就感觉，这个学生阅读面广！"老师谆谆教诲。"议论文论点要明确！要层层递进！每一段中心论点都要写在醒目的地方！""题目立意审对，大体方向就不会错了，大部分人都可以做到。八百字数限制，几个小论点难免很多人想一块儿去，所以！（敲黑板）例子很重要！这些资料都是年级组老师辛辛苦苦找来的，极具代表性和新鲜感，论同样的观点，你用李白杜甫，还是其他普通的例子哪个更好？哪个更让阅卷老师注意？""哪有一个学校，像我们这样，不仅专门给学生订写作文的杂志，老师还查代表性的资料给你们用？"

那时我所在的高中 A 中，是区里最好的，在这个理科氛围浓重的学校，每次区统考里，要绝杀对手，就得杀得他们片甲不留，杀得让他们半句不服气的话都说不出来。所以，"哎呀，谁说 A 中重理轻文啦？瞧瞧这平均分，和其他学校怎么比？不仅仅理科分数好，文科更是拉开那么多分，那一个个学生，脑袋里装着什么呀！"

后来我读古代文学史，看到某种文体在大环境下被发展到极致，就不免向偏僻的地方发展而去这一趋势，总觉得似曾相识，如韩愈散文的雄奇壮阔，后人无出其右，只得向险怪奇崛这一方向走，当作追求目标来学，效果自然坏得很。而我想起高中时候这种学议论文的方式，结构根本无需学，只是像拼图一样，机械化地将论点和例子相结合，而为了出奇制胜，例子越是奇崛越好，是愈加巧妙的例子的堆砌——倒是很相似。只是，模仿韩愈者是难以寻求创新点而走投无路，而对于高中的学生，则是速成，连原先好作品亦不曾细读过一篇，一开始就接触支离破碎的例子组合，岂能窥见一丝做文章的好处？

所以文科班的学生不愿看书，是有理由的。

从未见过一个人美丽的样子，怎样强迫人爱上她？

至于从小考到大的阅读理解题，"这个字/句子好在哪里？""作者通过这些描写表现了什么？"无非是把美女大卸八块，再拎着一只胳膊或是腿，笑眯眯问一脸懵懂的学生，你觉得她很美吗？她美在哪里？你说说看？对，聪明！她不是表象的美，而是内在的气质，来结合这只腿说说你是怎么看出来的？学生从小就会说谎话，这传教方式得负一半责任。

　　我总想不通为何高中议论文糟成这个样子，似乎是尽力也无法从泥潭里拉起来半分，后来看韩愈柳宗元的古文，再看他们倡导的古文运动，是"文以明道"，既重视文采，也重视内容。把古文运动放置在大环境中看，韩愈柳宗元提出的古文运动之前，文坛被唐代骈文占据，骈文又叫"骈俪文"，字面就看出来是极讲究对仗工整的主儿，词彩又崇丽，发展到后来就变得华而不实，一味追求词彩华茂，内容却空洞虚浮。当然了，在韩愈柳宗元之前批判骈文的有识之士不在少数，各路英雄纷纷试图改变这虚浮的文风，但俗话说矫枉过正，在摸索的过程中往往试图把旧事物扼杀，而代之以全新生物，导致了文章水土不服，不是太晦涩就是太干巴巴。此时，韩柳一拍大腿，这太极端了可不成！于是乎欣然扛起古文改革大旗，吸取了骈文词彩华茂的优点，掺杂在论说文中，说理辩论的同时不失优雅，终开创了一方天地。

　　"文以明道"的确有重视文采的意思，但仔细想便可知，那是和前面某些全盘否定"文"的作用的学者对比的结果，"文"为何重要？因为可以把更重要的部分——理，说得更好，传播得更广。这样一说，孰轻孰重自然分明。后世何以为了训练学生的议论文能力，忽视最重要的"理"，反倒只求学生做些表面文章呢？岂不是黑白颠倒了！若是觉得学生心智尚未成熟，论点未必能自圆其说则更是荒谬，自己的想法自己论证，总要好过"虽不同意你说的，但我必须要顺着你，否则就要吃苦头"这样不上道儿的行为吧？可怜堂堂高中生，不在主旨立意上下功夫好好思考，反倒在"用什么诡谲新奇的例子来取巧"这样鸡毛蒜皮的小事儿上用心，岂不如同那个"不问苍天问鬼神"的可怜的贾生，"不学立意学表象"，为了作文分而纷纷折腰。

　　故我总觉得这样的议论文姿态卑微，千万次去论证一个老掉牙的、统一的立意，写得再好内心也是虚的，做出许多空样子来给别人看，挥斥方遒下掩盖着被逼无奈的自卑。 例子不过是档次高下之分， 新奇的文笔下， 只是新瓶装陈酒， 蒙蔽的也不过是写外行人的眼， 走马观花一般过了， 白喝一声彩。 只是这样的彩， 有何分量， 有何意思？

好的立意如同一切好的事物一样， 自然是妙手偶得的， 如同春天好风好水下欣欣然开出的花。 那若是你问， 为何离了高中， 不必做违心之作， 大可一展宏图， 大学生的格调却并未见高多少呢？ 唉！ 简直是又要马儿好， 又要马儿不吃草。 没有冬天冻死虫害， 何来春天的繁荣？ 没有牢靠的基础和坚定的信念， 刚从一个苦海跳出来， 难道一个打挺儿就能鲤鱼跳龙门不成？

唉！ 轮到你重重叹气了： 没办法， 那勉强做个两面派吧！ 人前说人话鬼前说鬼话。 呵！ 说得轻巧！ 如今两面派是好做的？ 稍一个不留神， 流露出些许勉强来， 可是要说你思想不坚定， 天天想搞叛逆的！

栀子花和挑担夫

　　上礼拜回乡下外婆家，满院子绣球花盛开，蓬蓬勃勃由青到紫，植株本身非常高大，一面花墙似地压过来，气温不高但初夏的感觉已真切。夏天到了啊，都说着。外婆家的绣球花种了多年，我看到花开便知道是初夏了，但小时候记忆中，夏天的花只是栀子花，唯一的花。回忆里乡间凉而硬的地板上铺了竹席睡午觉，头顶风扇慢悠悠一圈绕一圈，发出轻微的吱吱声，四下无声，大敞了门也不碍事，狗就在门口趴着，也打一个盹儿。走出门去是炙人的热气，整个人轰一声有飘飘无所依之感。烫人的空气里蒸腾着不远处的栀子花香，浓郁厚重，翻卷在热浪里一波一波打过来，馥郁得喘不过气来。循着香味走过去看，是茂密枝头上不大醒目的白花，挑了最漂亮最大的一朵正想摘下来，花心爬出好多极细小的虫子。花瓣厚重柔腻，像成熟女子的皮肤。后来看到一些书或者影视作品中将栀子花描写为清新宁静，总是很难体会。

　　童年的记忆总是清晰又糊涂，因为远去而模糊，因为珍贵而多次回顾，反反复复真真假假，完整的事情想不仔细，偶然的一个小细节回想起来却又如在眼前，童年的记忆就变得立体起来。回想的过程如同再次经历，想象和真实所占的比例连自己都糊涂。就像夏天，记住的是夏天的感觉，那种混杂着香味、热气、大暴雨、生机的感觉，在回忆里是满眼满眼的生命力，要爆发出来一般。

　　夏花最绚烂，我看一些作品描写苏州小镇的夏天，总会提到午后小巷子里有挎着提篮叫卖花的妇人，盛夏的下午，小镇刚从午睡中朦胧醒来，闹钟便是那卖花人的吆喝："栀子花哎——茉莉花哎——"我前些年去平江路玩的时候还见着老妇人卖茉莉花手串的，不晓得是真实的风俗还是为了迎合旅游业。我外婆家在乡下，不大有人卖花，至少我自己从未见过。或许是花草都可以自己种在自家庭院里，不需要买吧。不过卖别的货物的人是常来的，瓶瓶罐罐、油盐酱醋，以中年妇女为多，扎着头巾，骑着电动三轮车，放着各式小物件。她们多是长期做这种生意的，家家户户都认得，来了便停在一处，妇人们摆出茶来聊聊天，末了各人挑些器物回去，生意还是不错的。如今乡下发展快，要什么都习惯去镇上超市买，近年来好像少了很多走乡路的流动摊贩。

　　给我印象最深的却是另一种小商贩，他们多是外地来的，上了些年纪，挑着两个大箩筐，烈日下缓缓而行，步履艰难。他们没有录音机录叫卖，光靠嗓子喊，大箩筐的上头总放着一个很旧很斑驳的水壶，晃晃悠悠，时间被他们的步子无限拉长。他们来的时候是盛夏中午一天中最热的时段，没什么人出来买他们的货。他们有些随身带着席子，中午累了就找一个房屋的阴头下休息一会儿。我曾看到过一个没带席子的挑担夫，睡在人家门后的洗衣石板上，也是四下无人，栀子花香依旧馥郁灼人，我坐在台阶上玩，百无聊赖地一直看着他。后来他醒了，看着我，四目相对的奇异感觉，他嘴唇蠕动着，想说些什么又欲言又止，最后说出几句我听不懂的话，脸上带着有些卑微的笑容。声音因为吆喝太多而低沉沙哑。或许是问我家中大人在否，而我却对他说话的样子感到害怕，跑进屋去，又好奇，就趴在窗户上看他，我告诉大人们有个卖东西的人一直在外头，大人便警告我以后中午没人时不可出门，恐吓说前些天有孩子被拐走。他沉默着，眼神局促而有悲哀，想吆喝又怕吵醒午睡的人，直到大人走出来说不买东西才静静走开，走出不多远，就听得他撒开嗓子吆喝的声音。大人们嘟囔一声真吵，大中午不让人睡觉等等，躺下来继续睡去。

　　小时候不懂那叫卖声里的悲哀，也听不得。隐约感觉到他们是生活艰难的，而这种念想只能浅浅带来一抹侥幸，自私是人性的底色之一。但我记得他们的叫卖声和眼神，那种无奈和沙哑混杂着盛夏的栀子花香蒸腾在烈日下，弥漫出复杂深刻的味道。这种味道深深存在于我的记忆中，所以如今偶然闻到几缕栀子花的香味——自然是几缕，城市中吝啬种植如此大片茂密的栀子花——我心里总是涌上复杂的滋味，那廉价刺鼻的香味是对于生活艰辛的最初的记忆，虽然只是旁观。但因为是旁观，赤裸裸的生活本色在孩子纯净的心灵中显得非常突兀和深刻。挑担夫的苦难使童年多了几分不忍直视的真实，不是源自对他人苦难的直视，也不是对于生活的叩问，而似乎是一种他们用躯体来表达的怆然，生活的重压已经成为他们生活的一部分，甚至连反抗的勇气和必要也没有。如果说他们有什么反映内心的迹象，那便是眼神了，真真切切的无奈，蕴藏在沉默中，随叫卖声远去，却和栀子花香一起印在了我的记忆里。

如今外婆家的老房子早已拆掉，周围的花木也换了一批又一批，不知道在这种环境下成长起来的孩子们，是否还能体会到当时那种最初的复杂滋味，或许一代代的人都会有这样的体会，只是环境不同，最初触动的载体也不同罢了。如今盛开的绣球花，艳极却无香，只是平面的触目惊心的艳丽回忆，如同童年的回忆，丰盛又无言。

走吧走吧

很多故事是这样开头的，"那年他廿岁出头，独身一人来到了某地"。

当时看来，这句话无非是开启下文，讲清时间、地点、人物。那时我以为，去某地开始新生活不过是一曲终了，换一段而已，能够想象的不过是旅途中嘈杂的环境，目的地一开始的新奇和陌生感，以及那种"开始新生活"的豪迈苍凉。能够想象这句话的含义，已经是很久以后的事了。

有些东西，暗暗地，字里行间不写，但经历过的人会一眼认出来。这个字眼就是"独身"。

看很多民国时期作家写的东西，旅途永远有新奇有快乐，就算平淡，也是以一种安逸缓慢的语调。那时候交通不发达，坐船、坐人力车、步行，淡淡一句"那年我们是二月份出发的，及到目的地，已是六月下旬"，仿佛旅途不过是顺流而下，溪水清浅，远望地平线，日复一日，过缓慢稠浓的日子。而那些的兵荒马乱，喧嚣嘈杂，酷热严寒，一概不提。在民国那个乱世，每个人都经历了太多太多，与家愁国殇、山河变动相比，旅途的困难根本不算什么，过去了就好，无需细提。现在写独身行旅的作家很多，有些着重写目的地的美景，有些着重写旅途中的感受。我看着时常怀疑起旅行的意义，作家们显然夸大了旅途的坎坷孤寂，而在这坎坷孤寂中必然会遇上一个知心人，而这是否从侧面验证只是空虚，不是孤寂呢？此后，不管是发生了什么，故事终究是人与人之间的事，旅途的描写也不过是为了烘托这场故事的背景。类似张爱玲写故事的方式，不是上海就是香港，最是兵荒马乱，最是新旧杂陈，最是适合写乱世里的情感。也唯独在那样一个大背景里，才看得出她最想表达的人性之残忍。可是真正的孤寂不是空虚，孤寂是强大的，空虚是脆弱的。那些旅途故事，似乎为了写故事而刻意营造了环境，而旅途的真实样貌，却被掩盖了，况且创设背景难免生涩做作，张的笔力岂是常人可比。

　　"一场说走就走的旅行"的说法总是太过文艺，读这句话时，能够想象的永远是人群熙攘的地段，背着行囊的天涯行者，衣衫在风中飘动，眼神明亮。无法与之联系的却是必然的独身，长途跋涉，风尘满载，遇见各式各样的人，时刻保持警惕，嘈杂，喧哗，和不可预知的肮脏。那些崇尚说走就走的人，旅行神圣得如同朝圣，美丽得如同梦境，连将其称为"旅游"也势必引起他们的愤怒。而路线还是一样的路线，旅行，还是旅游，永远取决于你身边陪伴的人，还有你心里隐藏又偶尔浮现的回忆。许多人去旅行为了疗伤，为了遗忘，为了成长，为自己的脆弱找一个宣泄的借口，跑了上万里，面对着大漠大海嚎啕大哭——这真是行为艺术。

　　梁文道写到过本雅明，"我宁愿相信20世纪德国思想家本雅明的一番话。很多人以为战场上回来的人必定有很多故事要说，但是本雅明敏锐地观察到刚刚打完第一次世界大战的士兵总是满脸疲惫，无话可说。因为凡见过地狱的人，就知道世间有言语无法形容的虚无，人的感觉有不能承受的界限。"经历过太多的人常常无话可说，本雅明所说的"无法形容"只是一种情况，那些经历过战乱饥荒，如今长寿健在的老人常常是沉默的，而这种沉默并非"无法形容"，而是早已全部看淡的超脱。无言以对，无话可说，或许是因为他们觉得没有说的必要——什么都懂，什么都了解，什么都原谅。

　　生命的底色残忍，我们却鼓起勇气去欺骗自己"被生活温柔相待"。或许有一天，走得多了，那种想哭但哭不出来的感觉会慢慢变淡，因为都是那么没有意义，身边的伴侣也不再是哭诉的对象——或许旅行的真正意义在于独自成长，大概一个人一生中总有一些路，即使是痛哭流涕，也要走下去，即使是用怎样残忍艰辛的方式，即使是跪着走完——因为我们都没有办法，无能为力。

似是故人来

　　情人节期间，网上一片热闹，单身者们的自嘲和哀嚎更是从很早前就开始了。在这个新鲜感来得快也去得快的世界里，每一天都有节日可以庆祝，二十四节气要配古风诗句和习俗介绍，一个月的开始更是要敲锣打鼓配上"×月你好"再加自拍。这些新鲜直观的消息繁杂而来势汹汹，如同大红大绿的颜色，刺激着人们的神经，赢得笑声或叹息，却无法在脑海里多呆上一天。难怪总有人说记性大不如前，人也难免麻木迟钝，感受刻不进心里。

　　总说年味不浓，实际上，任何节日都不复原先的滋味了，每天都可以买新衣服，每天都可以和朋友或爱人出去吃饭，玫瑰花、康乃馨更是源源不断，每天都可以看到。物质匮乏的年代，节日为何被赋予那样浓厚的滋味，是因为曾经的贫乏和渴求。"但凡未得到，但凡是过去，总是最登对"，林夕的歌词一针见血。若小孩子从小在充裕的环境里成长起来，自然不像长辈们一样对春节之类的节日特别看重。

　　情人节是特殊的。

　　每一个高嚷着单身狗如何痛苦，有爱人又是如何幸福的人，大抵都是经历过学生时代的。学生时代正是青春最懵懂青涩的时期，却也是教育模式里最需要刻苦读书的阶段。然而怎样繁重的课业和严厉的管教也无法阻止情感的苏醒，少男少女们成长，好奇再到萌生好感，都是自然而然的事，如同春天来了柳枝要发芽，万物要苏醒一样的自然。曾经看过日本艺伎的养成记，那样严格谨慎甚至于古板避世的规矩中，管教年轻艺伎的"妈妈"也深谙自然界的道理："是啊，艺伎们不允许谈恋爱，这是行规。但是，谁拦得住十五六岁的年轻人动心呢？"情人节的气氛在几天前就开始暗暗酝酿，不无道理。每年都有从学生时代象牙塔里放出来的囚徒们，被压抑和克制了多少年的情感一旦可以自由发泄，不论是不必遮遮掩掩的小情侣们还是无主的名花名草们，都乐于分享这自由的感觉，正如"我并不同意你的看法，但我誓死支持你说话的权利"这样普天同庆的庆典谁不愿参加？但时间一长，正如同得到的总是容易腻味，珍视的权利拥有得久了，就失去了从前得不到时的魅力。

还记得学生时代的躁动和简朴，小学时初次知道情人节的存在，那时全班都在暗暗说着这个貌似只属于大人们的节日，玫瑰花、巧克力、情书，这些如今看起来普通甚至俗气的东西在那时都是圣物，而道听途说的"×班的×××给×××送了花"这样的消息如同风一样在学生间传播，极刺激地打开了新世界的大门，那时我们大概才二三年级。

后来，初中高中都是青春片里"纤手破新橙"的年纪，"早恋"早已不再陌生，却还是像禁果一样的新鲜刺激。那时候情人节似乎比春节还重要，空气里充斥着荷尔蒙的气息，班级里的几对情侣会变成大家眼里的电影，送东西或是说话都是在一片好奇却故作自然的眼光里。若是情人节还在寒假，各种网络通讯工具上也是绕不过八卦，其间的激动，只有经历过学生时代的人才明了吧。爱情在学生时期是最大的禁忌，却最是一种深刻的悲伤，像雨天在车内外面的雾气，清楚明了却难以触摸。

最美的情人节，就是在学生时代吧。不论是当局者，还是旁观者。

写了杂七杂八这么多，想起高中时候写过的小文章，只是一个片段的描述，找出来读读倒也是有意思，我现在总写不出这样短的小文章，一开口便是刹不住，非要挖深一点不可。看到曾经写过的文章很有陌生感，也很有新鲜感。后来也写过短小说，奇妙的是文中主角总也只是"她"和"他"，拥有共性而模糊的两个人，既是他们，也是我们。

记
忆
初
色

　　森茉莉的作品大陆初本由译林出版社引进，我原先只知道她是耽美小说的鼻
祖，森鸥外的女儿，一听说有她的书出来，立刻就去买了，《我的美的世界》
书后面有新井一二三的评论："森茉莉的文笔既细腻又尖锐，叫人联想到张爱
玲的中文。"两位女作家的比较自然又可以成为一众学者竞相研究的领域，而
我只是个读者，且不懂日文，读译文终究是蒙着层面纱，难以全部还原。不
过我很同意新井的看法，他所说的相似性或者是更加博大的作品结构或语言文
字，我只看了这一本散文集，两位女作家不约而同在人生晚年回忆起了童年，
而弥漫在她们回忆童年文字里的那份贵族气，是最让我觉得相似的。

　　张爱玲和森茉莉皆出身贵族，森茉莉的父亲森鸥外崇尚欧洲的生活方式，
所以多年后，当五十多岁的森茉莉穷困潦倒地住在东京十平方米的小屋，并且
生活极为拮据时，她笔下的回忆，仍是印有花朵图案的红茶杯，象牙方筷，
银质的咖啡壶，大朵牡丹的元禄袖和服。回忆里她永远是少女，多用色彩艳丽
的字眼，"玫瑰色""郁金色""掺珠贝白的浅粉"等，字里行间飘荡着明治
时期的浪漫以及可以追溯到《源氏物语》的细腻华丽的笔触。译文尚且如此，
原文想必更加美丽。张爱玲年轻时的散文集《流言》里很多提到童年，在二
十多岁的记忆中，儿时是《更衣记》一文中各式各样的服饰，是小时候仰视

母亲戴的胸针和苹果绿旗袍，是装在金耳的小花瓷罐里的松子糖。是黄红的蟠桃式瓷缸里面的痱子粉。张爱玲也自嘲过，"我学写文章，爱用色彩浓厚，音韵铿锵的字眼。"张爱玲的童年不如森茉莉优渥，家庭已日渐走入窘境，若是读者认为二十多岁回忆的童年只是繁华的表象，那想必读者还记得她在《小团圆》里对童年的叙述，剥尽年少的张扬后，死灰一样的细节描写和固执的文笔里，童年记得的仍是粉雕玉琢的纯姐姐、蕴姐姐，老金黄色小金饼……这些无关生活现状的回忆，在晚年历历在目，繁华如过眼云烟，唯有最初认识这个世界的新鲜和刺激留在脑中，让她们回归本心，写出最符合她们的"童年底色"，也是记忆的初色。

我还联想到一位贵族出生的日本作家三岛由纪夫，但因为三岛死于惊世骇俗的自杀，并非自然老死，所以尽管他的文风也有纤细婉约的部分，后世人也很难知道，在他着手写最后一部作品时，满心里想着的到底是如何"伟大地死"，还是对童年的回忆思索。

张爱玲曾经写过一句话，具体出处已记不得了，大意是人到了晚年的时候，童年的事情反倒是清晰起来。普鲁斯特写《追忆似水年华》，小时候的回忆真是事无巨细，真不愧是夏志清先生说的"天生就该做小说家"。但不论回忆是否清晰，老者似乎都喜欢写童年。夏志清先生在《感时忧国》中说自己记性差，一两年前的事情都忘记，别说小时候的了，但他仍花了不少笔墨回忆幼年，儿时在苏州的事情即使是未有太多印象，到底是回忆出几个地名和学校名，读来甚是亲切。我渐渐发现一个特点，一个作家晚期的作品，不论是和其代表文风差别多大，总是回到原点，从童年中汲取原料和风格。汪曾祺的小说集，我一路看下来只觉得纳闷，一个作家怎样可以既写得出《复仇》又写得出《受戒》？完全是两种不同的行文风格嘛。随后查了写作年份，原来《复仇》写于1944年，此时汪24岁，而《受戒》结尾提到"一九八零年八月十二日，写四十三年前的一个梦"，最终定文是在1980年，此时汪曾祺已步入晚年。阅读汪曾祺八零年代后的作品，风格平淡质朴，娓娓道来，可以想见《复仇》是汪曾祺年轻时力图探索文风创新的一次尝试。尝试很成功，我们如今读到《复仇》仍会感叹这不动声色中的风雨，宽恕爱恨中的试问。只是这平淡中的悲伤似被淡化，实则加深，让我在哀叹人事小悲哀的同时想到更深远的人世悲哀，由小见大，苏轼《赤壁赋》中客人"哀吾生之须臾，羡长江之无穷……知不可乎骤得，托遗响于悲风"这样的哀思，果真是只能放在人与自然相对时，渺小和宏大之间，直面生死方可以想到的。

　　我喜欢汪曾祺和胡兰成有关童年回忆的文章，或许因为我也是在江南的乡村长大，读来有熟悉感。沈从文的湘西回忆也好，但终究因为隔膜，只把它当作游记来看了，镜头感十足，风景亦秀丽，虽可以身在其中也只是欣赏，终不感亲切。汪曾祺是高邮人，高邮和苏州相隔一段路程，语言也不大一样，但即便是这地域差别，也比我童年和现在差别要小得多。这些事物现在在最偏的农村也看不到了，即使有，也是妆成景致，成了死的展示品。所以当我读到《受戒》里的船桨、莲蓬、芦花荡、野菱角等时，一看便觉得亲切。胡兰成的《今生今世》里的描写我也喜欢，写那胡村的人物、节日、祠堂、庙会，真真是十里艳阳路，清明至极。我极喜欢里面的一段话：

　　　　人世因是这样的安定的，故特别觉得秋天的斜阳流水与畈上蝉声有一种远意，那蝉声就像道路漫漫，行人只管骎骎去不已，但不是出门人的伤情，而是闺中人的愁念，想着他此刻在路上，长亭短亭，渐去渐远渐无信，可是被里余温，他动身时吃过的茶碗，及自己早晨起来给他送行，忙忙梳头打开的镜奁，都这样在着。她要把家里弄得好好的，连她自己的人，等他回来。秋天的漫漫远意里，溪涧池塘的白苹红蓼便也于人有这样一种贞亲。

　　好一个"贞亲"！胡兰成用来形容旧时夫妇之间的感情，而他自己亦是包办的婚姻，胡兰成没有对传统婚姻的厌弃之情，反而在《今生今世》中对发妻玉凤的回忆描写最多，感情亦最深。如此看来竟也可以用作人与童年的关系，出生地无法选择，既然生在此处，便和旧时婚姻一样，即是两者的缘分。童年经历的那些事，从故乡到情思，后来回想起来未必是山盟海誓的爱，更多的是相看两不厌的平淡之情。须知这人间唯有平淡二字看不穿，我爱"贞亲"这个词的淳朴干净，人生便是原色布料上作画，未来痕迹怎样全然未知，而不论怎样变化，底色究竟是不变的，这底色便是童年，也是记忆的初色。

八月
琐
记

　　暑假两个月，七月份用来旅游，八月份用来充实。八月一号起我开始天天跑苏州培训，一连三个星期，等结束时才回过神来，发现八月的大半已经过去。家门口的地铁四号线迟迟没有通，去苏州老城区只能坐公交车，我六点十分起床，六点五十到公交车站等五十五分的那一班快车，中途还要换乘一次，大概一个小时十分才可以到目的地。八月份酷热，一直不见下雨，阳光的灼烈体感甚至超过了在青海的时候。我一开始非常讨厌早上的行程，早起加长路程，等公交车也不是件舒服的事情，一不留神还容易坐过站，但留心找那些快乐的小点，发现生活中的美就像夜里的萤火虫光，只要看过就念念不忘，在此后漫长的百无聊赖的时刻，只要想到就会微笑起来。

　　大概是为了保护古建筑和老城区，苏州的城市规划很让人头疼，早高峰的堵车非常严重，公交车开得慢，一站一停，先用普通话播一遍，再用苏州话播一遍，且是那种类似评弹里的老苏州话，软糯又世俗，竟是带些江湖气的坚定，远非单薄的"温柔"二字那么寡淡。姑苏区是老城区，沿路可以看到很多古迹。我最喜欢公交车开在老马路上，虽然有些颠簸，但马路两旁的树都郁郁葱葱，在头顶汇成绿色有弧度的天幕，路灯也是古朴的雕镂造型，恰逢"G20蓝"，天空蓝得清澈万分，黑色的路灯印在蓝天上，色彩对比微妙而美丽。饮马桥附近常常能看到一处古旧样子的建筑物，红色的墙砖在浓荫下显出端庄古朴来，我甚至不知道这是不是古建筑，因为苏州很多地方的围墙都采用苏州园林的古典元素，粉墙黛瓦，黑色的屋檐翘起来像欲飞的燕子，白墙简洁素雅，唯有雕一扇花窗，镂空的花窗里可以看到几竿翠竹，灵动鲜活。我曾在另一座江南小镇看到过仿古的围墙，也是粉墙黛瓦，但没有花窗而代之以涂鸦水墨画，大概是因为工匠不得要领，画得粗糙艳丽，还有游客在上面二次创作，更显得凌乱，真真可惜了这文化元素。

另一个让我觉得惊艳的是公交车站的文化元素，我居住的区发展较晚，一些都是时新的追求科技的，公交站台也是最为简洁的灰棕色结构，直到我看到老城区的公交站台，许多设立在老马路的中间地段，倚在青苍的大树下，造型古色古香，有简洁的牌匾造型，还有好看的则整个儿就是微型的亭台楼阁，亭子上挂了牌额，黄底红字题"××站"，用来给等车的人休息的地方是青石地板铺的走廊，像极了园林里弯弯曲曲幽深的小道，做公交站时自然会修改得宽敞些，大热天在下面等车，遮得住阳光便清凉许多。

下车的地方叫乐桥，靠近观前街。观前街在历史上一直是市中心，最最繁华的热闹地带，和后来兴起的金融市中心不同，观前街繁华在亲切，没有高档大型的购物商城，只有接地气的人民商场，两旁排列着的小食店铺平易近人，陆文夫《美食家》里写许多美食都是要去观前街买，有些还是孩童或老妪挎着篮子卖的，可遇不可求，可谓绝品。乐桥也是热闹地段，因为好奇桥名而去查了资料，原来乐桥原名戮桥，曾是菜市口斩杀人犯之处，后来刑场被废弃，苏州话里"乐"与"戮"音同，故改为乐桥。菜市口最是人潮拥挤的地方，千百年后依旧如此。街两边小店最多，我到那儿的时候还早，店铺都没有开门，街上最常有的是卖茉莉花手串和玉簪花的老太太。我小时候常听长辈说一句吆喝语"栀子花——茉莉花——"，其实这两种花花期并不相同，且香味都浓重，搁在一起容易犯冲，但大街小巷卖花的老太太们，若是只卖茉莉花，也还是把两种花串在一起吆喝，和"小楼一夜听春雨，明朝深巷卖杏花"的幽静雅致不同，茉莉花香味浓烈，在最是人潮拥挤的大街上叫卖，给行色匆匆的人们携带一丝香风。我经常看到一位老太太大清早坐在台阶上，篮子里放着无数细小的茉莉花，她慢悠悠拿着细铁丝和钳子，把较大朵饱满的茉莉花穿成手镯，小一些的则放在一个微型精致的竹袋里做香囊。价格也很实惠，一个茉莉手串两元，加香袋五元，我小时候便是这样的价格，多年未变。我向老太太买了一个，她微笑着说："我来给你戴上。"我的手腕上便也是香风缕缕了。

苏州地铁内不禁止吃喝，且人流量大，所以车厢内经常气味浑浊，让人透不过气来。有一次培训后回家，地铁站人潮涌动，我忍受着浑浊的气流和拥挤，正在心烦意乱时，不知从哪里传来一丝茉莉花的香味，微凉的清新的味道，香甜地从鼻尖划过，再找却又找不到了。我站在人潮中四面看着，人山人海，也不知是哪一位姑娘手上佩戴的茉莉手串，或是挂在包上的香囊散发出来的。那一刻如同艳遇，非常动人。

除了卖茉莉花的老太太，挑着箩筐卖莲蓬的老爷爷也是道好风景，坐在公交站台里，翘着腿扇着蒲扇，箩筐里翠绿硕大的莲蓬生气勃勃，给这四季莫辨的现代化城市平添了夏日的气息。吃莲子有趣在剥，像挖龙眼一样剥出来，"低头弄莲子，莲子清如水"的南方民歌含蓄温婉，"莲子"通"怜子"，少女的心事实是有口难言。莲子的颜色青碧如积水，绿色中带有白色，剥开这层柔韧的皮就可以吃到白嫩清凉的莲子，莲心却苦，是吃不得的。

回家的路上照例也是坐公交，有些地名非常好听，除了有名的干将路、莫邪路，还有如胥江路、阊胥路、小日晖桥等名字也好听，那些与伍子胥相关的传说早已不辨真假，但地名桥名将这些故事记了下来，比每个城市都有的"中山路""建中路"要有趣得多。还有些更小的地方，连公交站台都没有，一次坐在窗边，经过一座小桥，桥中央规规整整提了桥名，仔细一看，"通蓼桥"三个方正朱红色小字，倒是给这平淡无奇的小桥增添了秀气。

培训结束了，不用天天早起，自然也看不到上面记的这些美丽的小片段了，不过一阶段有一阶段的生活，人嘛，总要学会怎样去找生活里的美的，不然一天天捱日子，岂不是太过寡淡无趣了。

不
可
方
物

　　我站在楼梯上，往下看时看到了一个男生，很匆忙地走，校服外套里穿着无领的衣服，看不清颜色。他的背影线条真好看，连背后的阳光都暖融融起来。

　　我不认识他。其实，或许他转过头来会是一张不陌生的脸，胸卡上的会是不陌生的名字，但我统统不想知道。有些心动，只是因为本初的美好，无关相识，无关喜欢。

　　这个男生一定不知道，他的一个背影曾让另一个人觉得美好不可方物，在一个他不自知被注意的瞬间。我不认识他，下次见到也不会认出是他，可是这种无意和不相识，才让我记得。我喜欢自己当时那种怯怯又狡黠的心情——嘿，我在看他，他不知道！如果他当时回头，我一定会很惊慌，因为很害怕被发现很害怕直视。这样的小欢喜，其实是打碎了就美好不再的。

　　不是谁都有机会成为这样的风景的，很多人老来回忆，想不起最漂亮的女生的样子，却记得某个微笑的侧脸。本初的清净美好，是很多造作的女生永远都不会明白的。当然，还是会止不住地乱想，会不会也有人在我不注意的时候看到我呢？会不会也是不相识呢？如果可以被记得，那是怎样的奢侈啊。这样想想，白校服，学生头，在回忆里原来可以这样美丽，均是因为青春不可方物。

　　胡兰成有句："因为青春自可以是一种德性，像杨柳发新枝时自然不染埃尘。" 真是好句。

夏
之
牵
引

　　逛水果店是一件乐事，看到红红绿绿的各色水果躺着，光是色彩上就已经觉得丰盈，有些水果味道大，诸如苹果、香蕉或是柚子，凑近能闻到果实特有的香味，煎牛排有几分熟之分，水果也一样，靠嗅觉可猜个大概。过熟的果实气味甜腻，慢慢散发出酒的气息，像烈日下厚重的阳光味道。至于榴莲菠萝蜜等水果，带着热带的原始与任性，不管不顾散发浓烈的味道，爱的人死心塌地，不爱的人掩鼻而逃，性格实在是很刚烈。我不吃榴莲，但逐渐能适应水果店中榴莲的味道，臭得恰到好处，让人觉得洁净新鲜，魅力极大。

　　夏季是水果盛季，再寒酸简朴的水果摊子，甚至是路口叫卖的板车上，只要有一车浓绿圆实的西瓜，就算是胜景了。大，丰满，色彩浓烈，生机勃勃，是夏天的主色调。晚饭后出门散步，树荫处摆着无数板车，板车上有西瓜，哈密瓜，桃子；在车边耀眼的白炽灯下看去缤纷一片，小贩吆喝着不甜不要钱，而人却一个个失去了颜色，看去只觉得面目模糊，也只因这是色彩的季节，没有戏剧里那样的红唇粉妆，如何撑得住。那里虽没有水果店里品种齐全的豪华，却给人朴素而丰腴的感觉。我在那里买了几个桃子，普通的拳头大小的桃子，没有水蜜桃那样贵重，吃起来也是爽脆为主，但色泽鲜亮，红丝如妆，妩媚得可以入画。至于水蜜桃，我是去水果店买的，因为喜欢那软糯清甜的口感，水蜜桃不像普通桃子那样有平民的恣意，更像是带有贵族气的妇人，颜色是淡雅的白玉色，至多带一抹淡红，样子也乖巧，一个个排列整齐，且不可重叠摆放，皆因怕压坏了。

妈妈曾对我讲过，她的奶奶那时还在世，一家在乡下住着，但每个季度时兴什么果品，老太太全知道，妈妈便经常跑去镇上买。农村家庭都不富裕，买应季水果，也不过买一个两个尝个鲜罢了，但这样的小奢侈，如同平淡无奇的岁月里开的花，真真是让人看着喜欢，也真是会生活。眼下是吃荔枝的时节，当年妈妈一定也是去镇上买了的，而祖奶奶则在家等待，应当也翘首以盼吧。

夏夜最美，墨蓝色的天空透明澄澈，非常洁净，像是宝石，又像镜面。白天的云彩氤氲成雾状，在晚上仍是看得清楚，在天空布面上呈现出玫瑰色灰色绯红色的雾，淡淡的，像面纱一样。月亮更是明亮，月圆的时候像大颗的珍珠，近在咫尺，比其他季节的更见亲切。月宫里的嫦娥，四季里只有这个季节是最热闹的吧，像有趣的旁观者，看着人间世态，不是高高在上的渺茫的月色，而是实实在在的，陪伴在人群身边的月色。我本不相信月色可以像灯光一样有照明的效果，因为城市霓虹太多，月色何以能与其争高低呢？但是夏夜不同，月色就像普通的灯光一样照在人群里，伸手可触。所以夏夜的音乐会最是合宜，永远热闹，永远清洁，永远有生命力。

我居住的城市每年有黄梅雨季，夏季唯有这个阶段让人觉得憋屈气闷，低气压的空气里拧得出水，墙壁上的雾气和水珠永远干不了，木质楼梯发霉，踩上去是令人心惊胆战的柔软感。这种时节室外比室内舒适，下雨的潮气涌过来，倒也清新。连续一个月时断时续的雨，地面上潮湿地绽开着青苔，素日里梅干菜色的青苔这个时候长势美好，青苍翠绿。我每次都想挖一块当小盆栽放在桌上，因为喜欢这种沉默的安适，但最终还是作罢了，青灯照壁的室内，断然不适合这种聚天地之灵气的生命。阳光晴好的时候，可以听见变成沼泽的草地里蛙声连连，指甲盖大小的蛙跳来跳去，小蘑菇从湿润的泥土里长出来，嫩嫩的乳白色，像从未见过阳光的纤细苍白的少女。

黄梅雨季后是台风，半夜被呼啸的风声惊醒，大雨泼在玻璃窗上，发出密密的声音。 第二天醒来看到新闻， 哪里台风掀起了屋顶， 哪里发大水， 哪里停电， 但却没有真切感， 站在高楼上往下望， 看到的永远是雨下落的过程， 而不是结果。 台风后的气候最舒适， 闷热和灰尘都被吹散， 植物的气息格外清新芳香， 我结束蜗居， 晚上在小区内散步， 积水只剩下浅浅的一滩， 映着头顶明亮圆润如车轮的月亮。 听到一户人家窗口传来古筝声， 弹得不甚连贯， 伴随着一个女声在数节拍和小声的指点， 想必是母亲在一旁陪伴督促。 天空越发澄澈， 暴雨后的天空里有各色浮动的彩色的云雾， 空气潮湿又干净。

那一刻我想起我出生的时节。 我出生在盛夏， 这些年来益发感觉到这个季节对我神秘的牵制和吸引， 一位冬天出生的朋友坚持说冬季凛冽的空气最让人头脑清醒， 而我在冬天则总觉得被一种冬眠的无力感所束缚。 《枕草子》 第一篇就写四季之美， 春之黎明， 夏之夜色， 秋之薄暮， 冬之清晨， 于千年之后仍然读来爽然。 既然四季之美人人皆可观可感， 人为什么总是偏爱自己出生的季节呢？ 看似无理， 又像是什么神奇的宿命， 从一开始就决定好的， 兜兜转转， 又回到原点。 生命真是一条不可言说的轨迹呀。

夏日祭与地藏香

前一阵子正值日本的夏日祭和盂兰盆节，烟火大会也进行得如火如荼，去旅游的朋友纷纷拍照传上网，还有的租借和服，行走在夏日夜晚的街头，名曰"感受传统的气息"。日本向来对文化传统继承得小心翼翼，但普通人家也只有元旦和夏日祭等场所才穿和服，虽说现在和服大抵已经简化成更轻便的浴衣，一年到头穿的频率也不见提高。如今街头上穿和服的，十有八九是国人。

去日本旅游总要体验一下和服，大部分游客都有这样的想法。这样的想法背后，大抵是一种淡淡的无以言说的羡慕——真好，他们可以大大方方地穿着自己的民族传统服饰上街。和服用日语写作"吴服"，很多和服铺子上高高挂的幡上也写着"吴服"二字，其历史渊源三国时期。那时东吴与日本贸易频繁，衣饰流传至东瀛，到现在仍是其传统文化中具有重要意义的符号。如今国人从"破四旧"的理念转变到现在大声呼吁"复兴汉服"，理念上已提升至一个台阶。儒家理念里对服饰文化极其看重，孔夫子认为"质胜文则野，文胜质则史；文质彬彬，然后君子。"所谓谦谦君子，服饰得与自身修养相配，不仅是文化的象征，也是一种对他人的尊重。至于现在汉服能否像和服一样简化时尚化，或是代替极挑身材的旗袍成为传统服饰都很难说，中国也不像日本是单一的大和民族，而是有五十六个民族组成，未来汉服作为"国服"更是不大可能，但对于传统服饰的渴望，往深处思考则是对传统文化复兴的渴望。

对于失落的文化，人到底是向往的。

夏日祭和盂兰盆节，每年吸引着一大票国人去感受，除去游客的"找寻文化"心理，其节日的自身魅力也不言而喻。穿着鲜艳民族服饰扮作古人的角色，漫天灿烂的烟火大会，还有各式各样的法会——周作人将夏日祭译作日本的庙会，起初听了不觉失笑，因为庙会这个词所带有的浓重的中国乡土的气息。而一旦翻看民国时期对于民俗节日的描写，就不难体会为何会有这种译法了。鲁迅的小说里常写鲁镇风俗，如社戏，黑白无常，庙会等，沈从文《边城》薄薄的一小册，风俗描写便占了大半；还有许多作家也热衷于写风俗，胡兰成《今生今世》里的描写便详细入微，且最感人的是旧小说里的章法——一整节用来写一次婚礼，一次生离死别。借写风俗传统为幌子，悲喜的直接叙事蜻蜓点水，但细致到几个铜板，几根筷子的描写，便字字眼眼都是情意。嘉兴、嵊州的风俗和苏州风俗相近，故我看沈从文的湘西，则是当作想象游历来看，而鲁迅和胡兰成的文章，则是当作童年经历来看。

那时他们看到日本的风俗，总会想到家乡之事，想到文化的姻缘，而如今的日本和中国，在许多方面是"反输入"的，科技等方面可看作是接触西洋文明有早晚，但在传统文化方面竟也是反输入，就难免一叹。

在我有关民俗稀薄的印象中，除去春节中秋节等全国性的节日，最有江南特色的当数七月的节日。七月大暑，不知是否因为人被热得神情恍惚，故七月有关鬼神的节日特别多。七月半中元节，即鬼节，是个出名的节日，但我家乡习俗倒是简便，唯有上香奉贡品，再加上烧纸元宝罢了。日本也有中元节，但传统节日都是按照阳历来过，较之中国使用阴历，这"阴阳"二字的差别就显出不同了。古时逢大事必查黄历，似乎黄历上写满了神秘莫测的字符，而这些字符是连接人世和阴间、神界的通道。

印象最深的便是七月三十那天的地藏菩萨生日，也是每个小孩子的狂欢节，我一个舅舅是这一天出生的，他的生日看来是很吉利的。那一天晚上全家必定去外婆家吃夜饭，吃完夜饭外婆就开始准备地藏菩萨生辰的贡品和仪式，插上高蜡烛，摆出瓜果零食等，再馋嘴的小孩子，也知道神灵会在特定的时间内光顾并接受人们的好意，所以万不可偷吃，必定待到神灵归去，方可吃贡品。我小时候年年吃筷子下的那一只大红橘子，希冀可以变聪明些。

除此之外我最喜欢的是插地藏香，不知如今铺着水泥地的乡间是否还保留有此类风俗。我小时候还是泥地皮居多，农村人必事先买好了地藏香和蜡烛，外婆和舅舅在夜幕降临时开始插香，一根一根细细的地藏香，沿着通往河边的小径插了一路，老屋的前前后后都要插香，在夜色下稳稳地闪着橘红色的小光点。通到河边就连上了河边的香火，各家各户都着重在靠近自家桥口岸口之外插香，远望就像一束束小烟花。也有人在泡沫板上插满了地藏香，再放在河里顺水飘去，河面上便漂浮着无数闪亮的泡沫船。芦苇丛里偶尔飞出萤火虫，同样也是细小的光点，温暖的橘红色和萤火虫冷莹莹的青绿色相映，热闹中又带有威严的静气，有如神界。

但小孩子是不会害怕的，想象中神仙不过是寻常的白眉毛慈祥老爷，地藏菩萨是土地爷的邻居，经常一起打牌下棋喝茶，尤其喜欢小孩子，所以发明了茄子灯笼这样有趣的东西——白天就准备好的茄子，傍晚在茄子上密密地插上地藏香，就成了活动的花火球，再用一根绳子扎着蒂，像鱼钩一样绑在树枝上，让小孩子提着到处玩，那时乡下的夜很黑，小孩子高高举着茄子灯球，因为线长，所以一步一甩，远远望去河边田野里院子里都是点点的橘色光团，蹦蹦跳跳，像暗夜里的小精灵。

第二天清早去收烧完了的地藏香杆，白天这些香就失去了魔力，成了最寻常不过的细杆子，小孩子用来挑香棒玩，我不会这个游戏，唯有看看罢了。

后来我去寻找这一风俗的由来，据说农历七月是"鬼月"，阴间的鬼魂们可以出来透透气，但三十日那天必须回去，点地藏香便是让鬼魂们没有藏身之所，乖乖被收回阴间。所以越是偏僻的地方越是香火旺盛，河面上也不例外。其他地方似乎不兴这个风俗，我并没看到过。除此之外随着农村的发展，近些年我家乡这个节日也逐渐淡化了，乡间的夜晚没那么黑，小孩子也没那么喜欢出来玩了。民国初宁波诗人张延章的《鄞城十二个月竹枝词》，"七月秋风海角凉，儿童竞插地藏香，连宵焰口江心寺，万盏红灯放水乡"，是这种情景的最好书写。

家乡的地藏菩萨生辰一日的风俗，也可谓是传统文化一角。而说到文化，似乎总是想到诸如"文化苦旅"之类苦大仇深的名词，说当下世人"缺乏发现文化的眼睛"也不为过。世人大抵都认为文化是一座高山，非常人难以登之，而站在山脚下的人仰头只能看到峭壁，故只能远眺相邻的山，借他山之景以慰心灵。

　　实际上呢，文化就像是尘土，像是山阴里的自然风，就算是看不到，也一直在人们的身旁。可事实上人们往往嫌灰尘碍眼，嫌自然风不够阴凉，于是把门关起来或是干脆去别的山上兜一圈，相邻的山呢，恰好是春天，去的人自然只看到生机勃勃的一面，便大言不惭地称已经看到了全貌，有了深度感受。这管窥蠡测的毛病，可真是难改呀。

烟花三月

　　每年的三月总是繁盛，一夜之间就花开遍野，泼泼洒洒，浓浓烈烈，每天都有新的注目点，怎样努力地看，仍是看不够。田野上一蓬蓬开着的细小的白色花朵，桃树上也开始有簇簇的花蕾，抬头、平视、低头，处处是繁色，处处是春机，开得那样盛那样肆意，近乎放肆了——春就是娇娇的女人，扑面的浓重的艳气，不嫌多，还要一层一层渲染，惹得他人侧目看着，却也是心生羡慕。三月，连空气都是艳的，浮的，是染在眼角黛色的妆，淡虽淡，但有着极美的韵儿，把人的前世今生都收了进去，仍嗔着嫌不好看，还要重画一遍。

　　多年前的春天——多少年前的春天。三月是滋润的，甜的，糯的，连丫鬟们的裤脚也绿得水汪汪。别说谁家的女孩出落得好，梳两个紧紧的髻儿，跑到街头看热闹，眼里有怯怯的甜的神色。又是谁家的孩子学会了说话，抱在怀中细细地哄着，半晌，从嘴角流下涎来。呆呆地愣了会儿，却又是糯着声音叫一声，便又乐开了花地抱着颠着。

　　三月有停不下的雨，却不像黄梅雨似的闷热潮腻，细的雨，纷飞的、缠绵的，像柔弱无骨的手。有时不过是浓重的水汽，浸润着远近的房屋与树木，白蒙蒙的一片，看不清事物，柔和地包裹着，墙壁上沁着薄的水，手覆上去一阵冰凉，雨紧一阵缓一阵，密一阵疏一阵，连绵下去，没了头地下，地上的水才刚干，太阳刚一出来，竟是晴空下起雨来，也不大，半吊着，走到树下，风一吹过，只听得噼里啪啦一阵响。快傍晚的时候，路上人很少，灰的天，濛然的水雾，暗的路——被雨打得湿亮，四周是昏昏然的暮色，看着暗下去。远处的灯开始亮起来，橙黄的色团拥着雾气，看上去比往日大得多。对面的房屋在水汽中益发模糊了起来，于朦胧中透出寂然。

气温升得快，到底是三月，下两三次雨，吹一阵子风就把春意敬遍了野。花争先恐后地开，女人们也急不可耐地穿上裙子，尽管天还很冷。桥下面破巷子里的女人们将脸盆里的水倒在外面。穿着短的艳梅红的裙子，上面系着大红的围裙，围裙上腻着污垢。腿是健壮结实的，一冬天过去，原本黝黑的，也都变白，一白就显得更粗壮。可究竟是穿了裙子，有的是紧而短的，坐下来便令人担心。她们围在一起嚷嚷着织不完的毛衣，毛线是拆了烫过好几次的旧毛线，但颜色永远鲜艳：大红、香绿、橙红、紫色。她们穿着同样鲜艳的拖鞋，更让人注意她们的腿——白的，健硕的，蓬蓬勃勃的，却也不忍细看，别过头去。这里的生活就像春天本身一样，艳丽、夸张，充实而俗气。何况还有水沟上的管道，一滴一滴，肮脏、随意，小沟却从不见满。

春天也是纷扰的季节。浮躁的人们有事无事去外头逛逛，街上的人一下多了几倍。谁都无所事事，谁都吊儿郎当。都是小年轻们——瘦高的小伙子吹着杂乱的口哨，还没有瘦下来的姑娘们踏着极高的细跟鞋，花店里的气味是陌生的，太多的花挤在一起，空气里满是涂花瓣的金粉银粉，角落里的蓝色妖姬黄了半边，独自寂寞。

烟花三月，的确是美的。用不完的青春汹涌的活力，到处都是。没有人稀罕花开的美丽，太多了，多得令人生腻。更没人留意花落，它们有的是青春，有的是新生命，从来都不缺，落了就落了，明天花开依旧。残忍的季节，今天花开百媚生，明朝花落也只能悲画扇，不知春花是否羡慕寒梅呢？冬天是它的，无人争抢，自是一种孤寒卓绝的冷艳。只好努力开得早些开得盛些，"万绿丛中一点红"，怕是只赢一天罢，开得那样盛那样精疲力竭，也是几天便落了。春雨又是连绵长得没了期，乍暖还寒地毁着一树一树的花，恶作剧一样吹它们到污泥中，好一些的，仍掉在树根下。花树也残忍——埋的越多，开得愈放肆，泼泼洒洒没尽头。花落了自有绿叶生长，陪着有长长久久的一年。

烟花，美而短暂，也就是来写三月的，三月的春，是张扬到放肆的美丽风尘，是其他季节根本比不上的。夏天太暴烈太泼辣，秋天太忧郁太瘦小太小资，冬天太冷艳太遥远。只有春为大家所爱，美丽的，亲昵的。明知她有着繁华的表相，仍是义无反顾；明知她残忍放肆，仍是容忍。忽就想起女作家杜拉斯来，这个妖精一样的女人，她是美杜莎，像春天一样有着让人致死的魅力。

写到这无端地微笑起来。站在窗前，不知黑夜中又有什么花在暗蕴着暴发的力量。我拢了拢头发，更觉得三月的气息一浪一浪氤氲过来。

这
是
不
可
以
的

　　小时候，　最讨厌一句话　"这是不可以的"。　小孩子不懂规矩，　不懂习俗，
或不懂人情，　常在人前做出很多稚气的事情，　然而这稚气是不被容忍的，　长辈
们在人前微笑，　人后必将孩子叫来，　严肃而平和地告诫　"这是不可以的"。　我
往往感到非常憋屈，　那时还是一脑子乱七八糟的小愤青，　跳脚反驳，　非逼着长
辈说出不可以的原因，　对他们说的　"规矩就是这样，　没有为什么"　感到非常
愤怒，　甚至觉得大人的愚昧无知危及到新时代的我。　同时我还相信，　面对顽固
派，　只有反抗才行。　这就出现了很好笑的一幕，　一面是小孩子哭着不服输，
嚷着要他们找出理由，　而长辈们温和地笑着，　看笑话一样看着我，　唯一的话就
是　"这是不可以的，　规矩就是这样"。

　　很久以后我也体会到了长辈当时的两难处境。　儿童的无知让解释难见成效，
儿童的暴怒亦让解释显得词穷。　现在想想也常觉得有意思，　是的，　面对一个天
真的孩子，　怎么能解释清诸如　"拜佛晚上绝对不能点香"　"夏天在老年人面前
严禁谈论棉衣棉裤棉鞋"　"头上的发带发夹绝不可以是黄色"　"敬酒一定要用
右手，　碰杯时杯口一定要低于对方"　之类成人世界的规矩，　既不想对孩子过早
展示成人世界的严苛和圆滑，　也不想等孩子长大后再艰难地矫正，　所以　"这是
不可以的"　便成了唯一的解释，　耐心而严厉的长辈会一遍又一遍地警告规劝，

直到有一天孩子终于不再追问，自觉遵守。想想当年的自己，再想想如今所遵守的规矩是如此自然，又无比熟悉，却永远想不起来这些规矩的源头。

可是，当我长大一点，接触到更多的人和事，突然觉得，我那么辛苦遵守的规矩，在很多人眼里是那么的不必要，他们笑我太过传统，而我也常被他们的所作所为惊到。我曾小心翼翼向长辈说起，他们摇摇头说，是啊现在的孩子都这样。他们的皱纹和白发愈发清晰，儿时心中严厉而坚实的依靠竟然变得无比的柔弱。他们有些担心地说："阿画，你可不能这样啊。"

对于规矩近乎固执的坚持，我常怀疑是否源于优越感。这么多年，我能感受到那种"即使所有人都那么做你也不可以"的优越感，然而这种优越感让我感到无比愧疚。《红楼梦》里袭人在得到王夫人的看重后，便"原来这一二年间袭人因王夫人看重了他了，越发自要尊重。凡背人之处，或夜晚之间，总不与宝玉亲昵，较先幼时反倒疏远了。"当时看书时很不喜欢这种腔调，而现在我想，那种由优越感衍生出的对他人的挑剔，其实最是失败。

长辈们是老了，我不忍心反驳他们，但自己当然是可以改变的，回想起小时候受到的严厉的教训，即便好多年后想起来也让我害怕。我对一些传统古老的东西很迷恋，但这些常常也伴随着迂腐和顽固。对所谓门风过于固执的追求，实质上是一种不应该的骄傲。

我喜欢看小孩子本来的样子，毕竟天真的时间那么短，世界又那么残忍。历经磨难后的成年人回头看看，一定会感念有一个干净纯洁的童年来回想，从中汲取梦幻而虚无的快乐。

二十岁生日有感

　　想了很久，最终还是用这个题目，最简单不过，倒是比绞尽脑汁想出来的更加淳朴。十六岁后，生日不过是一个普通的日期，长大一岁的感觉在新年已有过，我的生日在盛夏，即刻已不再新鲜，反倒是警醒的意味浓重些，提醒我不可松懈，接下去的小半年仍不可忘记自己在慢慢地走向成熟。生日作为一个日期，其意义是为了警醒活着的人，不可空耗岁月。小时候，生日是亲人的庆祝，看着把孩子抚养至如此，小寿星自己却是懵懂，只知道收礼物。再长大一些，生日变得没那么重要，若是独自一人度过时，倒也不会忘记这个日子，其意义就变成默默的鼓励和祈祷，反省自己过的这些年，以及未来的走向。中国人不像日本人那样有"朝勉励晚反省"的习惯，所以特别的日子往往有多重含义，单纯庆祝的意味倒是薄弱的了。

　　十岁以前是很期待过生日的，因为孩子总想着快点长大，我小时候胖，母亲给我挑衣服永远是用藏青、深红、黑色，诸如粉蓝粉红这样颜色的衣服只能看一眼罢了，俗话说"女大十八变"，就暗自记在心里，想着有朝一日可以变得漂亮，骄傲地穿上自己喜欢的衣服，这个"女大"到底是几岁呢？我不知道，看到邻居或是亲友家的孩子过十六岁拜太仪式，懵懂想着大概就是那个年纪吧。我家乡有十六岁成人礼的说法，是非常郑重的仪式，"拜太"即拜天地各路神仙，小孩子一生要拜三次，一次是满月，一次是周岁，一次是十六岁。小时候那两次自然是不记得，看亲友的孩子办满月拜太宴，襁褓里的孩子带着金项圈和金手镯，大人抱着向着烛台和画像作揖，祈求百毒不侵，身体安康。此后便可由家人抱着外出了，且不会招惹邪魔。周岁拜太和抓周连在一起。十六岁的拜太最正式，也是我家乡的成人礼。说是十六岁，大部分是不按时间的，大概在孩子初中就办，马马虎虎虚岁到了，若论周岁，至多十三四岁罢了。拜太分为仪式和宴席两部分，早晨起来，舅舅拿来三界神仙的画像，客厅的大圆桌上摆开画谱，两面是烛台和瓜果。这种仪式上，金器是最庄重的，家里多半会为此准备相应物品，平日里我嫌弃金器太俗气艳丽，但在仪式上看到，只觉得是庄重的器物，怀着一种郑重其事的心情，而不是轻率的"啊，这项链是我的"的想法。我带上金项链，合掌向各路神灵叩拜，祈求安康和顺利。想到周围人在看着自己，今天一天自己都是主角未免觉得紧张，但叩拜时似乎只有自己和神灵，明明前一天晚上早已想好心里要祈求什么，到那一刻却只怕自己太贪婪，惹得神明不高兴，故万般只求个"安"，真正是一心一意，所以心极静。通过这样一套礼仪，仪式就算办好了，这种场合只有亲人在场，是家族性的，私密性的。起身除下金器，就可以去参加宴席了，宴席就是普普通通的请客吃饭。拜太那天我非常高兴，因为想到这些人都是因为我做拜太而聚在一起。进行到一半的时候，主人家要挨桌敬酒并接受客人的祝福。但那天父母却并未带着我去敬酒，我只看见父母笑着拿着酒杯穿梭在人群中，而我坐在远处。后来我跑到父母身边问为何不带着我，今天我不是主角吗？父母正色说道，若带着你去，小孩子接受那么多夸赞和祝福，你必生骄傲自满，何况这些人大多是我们的亲朋好友，并非因为你而前来，你这么想，难道不是太自负了？我听了有些泄气，待回到座位上细想，却又觉得不无道理，究竟人是不可自得，凡事亦不可做得太满，不可得意忘形。中庸的思想，到底是长辈通过言传身教告诉给孩子的。

和普通宴席不同的是，拜太那天孩子会收到很多红包，且分量极重，因为按照传统，拜太后就是成年人，以后就不需要再给红包了。当然现在早已不是从前，孩子在结婚之前，甚至结婚后有孩子之前，自己还是被长辈看作孩子，过年仍有许多红包拿的。 红包似乎总沾染着俗气， 但我喜欢那世俗的亲切， 光是看到红封袋就生出庄严来， 觉得仪式到底是仪式， 规矩到底是规矩。 这样一来， 不管里面装着什么， 心里就很快乐。 有些上了年纪的长辈会亲手在红封袋上写祝福的话语， 普通是黑色水笔， 讲究些就是小毛笔， 我最喜欢这样的红封袋， 每次都小心收好， 因为上面写了我的名字， 就想着对方是用了心思的， 需好好保存才好。 如今超市里有成套的红包袋卖， 各色花样用来适合各种场合， 喜庆的花案上涂有金粉， 看起来的确是厚实的喜气。 逢年过节， 只有外婆给我红包还是按照老样子， 从抽屉里拿出朴素的红纸， 剪裁出适当的大小， 包着钱折成小长方形， 再放到我手里。 外婆不会写字， 那精心折叠的红纸， 每一道折痕里都是情意。 如今有人图省事儿， 喜欢在网上发红包， 我总觉得怅然若失， 金额只是冷冰冰的数字， 虽于实际没有变化， 欣喜却远不比小时候了。

此后的生日就少了那份小时候的憧憬， 因为从前拜太是个心中的梦， 觉得一旦过了， 人必定有极大的变化。 没想到过了还是万事如从前， 好在那时已长高不少， 稍微瘦了一些， 想穿的衣服也可以穿了， "慰情了胜无"， 说的就是这样吧。 接下来的几年都想着十八岁， 却不是期盼， 而是有些害怕的复杂心理。 虽然传统上十八周岁不如十六岁来得重要， 我却知道这是法律上的成年， 过了十八周岁， 《未成年保护法》 就不适用了， 我长期以来的孩童受保护的优越感自此即将结束， 虽然知道自己不会做出犯法的事情， 没有了那层保护， 心里到底还是惴惴不安。

拜太那年我大概只有十三周岁， 觉得岁月安稳又漫长。 人又总是不自觉去美化自己的经历， 所以当时记录不愉快心情的日记此后我一次也没去看过， 只想着快乐的并放大， 回忆时忘记那些黯淡。 我上高中时发生了一件不大不小的事情， 说大是因为在我心里造成了强烈的地震， 而客观上来看却是小的不能再小的一件事， 几乎不值得说。 我这里将它记下来， 是因为我直至今天仍不觉得那是幼稚， 仍存着细微的遗憾。 高一的语文课， 一次讲到 "豆蔻年华" 这个词， 我知道豆蔻是一种中药材， 脑海中却浮现出初夏的豌豆花来， 田埂上一条条的豌豆藤架， 紫的白的， 像无数的蝴蝶栖在暖融融的天气里。 真美啊， 我想着，一定是十六七岁的少女，眉眼如画，清清白白的脸庞。我现在还没有到十六周岁，等那个时候，是不是也会有这样美丽的心情呢？一想到这，心里就生起一种憧憬来。

"豆蔻年华，是指女子十三四岁。"讲台上老师说道。

同学窃窃私语，想必也是觉得惊讶，我一下子愣在座位上，心里似乎有什么东西碎了。十三四岁！我已经十五周岁了！原来，原来早已在不知不觉中错过了豆蔻年华！可恨的是，我竟然一直不知道，一直还怀着憧憬呢！什么豌豆花，暖融融的美丽的心情，都不重要了，因为我已经在不自知中失去了它，失去了仅有一次的机会。我很难过，竟然快哭出来了。

此后很长一段时间我都快快不乐，因失去才追悔莫及。我一直以为很多事情可以再次体会：比如儿时不知春天的好处，等到暮春时才开始懊悔，夏秋冬也无比怀念，却因为自己在春天其实并未仔细感受，所怀念的也不过是虚妄的感觉。所以从第二年开始，我度过的每个春天都会仔细感受仔细观察，用照相机，用笔，用心去记住，这样以后，即便是暮春花谢时，难免有些惆怅，却也没有遗憾，因为自己曾用心记住过，有了回忆的内容，就足够在剩下的日子里细细追忆了。但是，这豆蔻年华，这样美丽的岁月我却在完全不经意的时刻让它溜走了，真是让人后悔！所能想起的十三四岁，竟然只是伏在课桌上不断做作业的黯淡脸色，以及奔波在各种补习班之间的愤懑心情，这实在是太让人难以接受了。这不是春天，春天尚有四季的流转，豆蔻年华一生只有一回啊，我错过了！我一直憧憬的有关豆蔻年华的故事，竟然在未开始构思时就发现已然错过。

这是我第一次体会到错过的悲伤，我曾向朋友谈起过此事，朋友露出"到底还是小孩子啊，这种事情都会纠结"的样子，我也觉得只是小事，为何如此不甘心和伤感呢，后来我想，深层的悲伤，是因为初尝"错过"的滋味吧。那件事情之前的岁月，真是过得懵懂蒙昧，浑浑噩噩，从来只向往着一个似是而非的未来，向往却不去了解，以至于根本就错会了概念。等到我读到"树欲静而风不止，子欲养而亲不待"这句话时，才深刻明白了其间的心酸和悲凉，原来有些感触，真是只有经历过，才可以明白。好在我是幸运的，我明白这一点时还很年轻，这事情如同上天给我的小小的惩罚，作为提点，让我明白错失的悲伤，所以会加倍明白珍惜当下的重要。自此之后我深深记住了"珍惜眼下"这个词，就算前方是不可知的命运，就算是"今朝脱下鞋和袜，哪知明天穿不穿"，也不再后悔。对年岁的迷惘是个人的小事情，而推广开来想到其他的，我才实在感恩上天这警醒，有生之年，在一切人事尚在的时候珍惜和回忆，到底还是非常快乐的，因为私心知道都在，也知道珍惜。这也是我不厌其烦书写儿时和生活小事的原因之一，忘却眼前单薄的生活，从回忆里攫取色彩，不失为疗伤的好办法。没有等到完全失去才追悔莫及，真是一种幸福啊。

高考后的那个暑假里，我度过了第十八个生日，自此在法律上成年。说是成年，莫如说是重新做人。那个漫长的暑假，终于从高中的桎梏里脱离出来，却没有丝毫的轻松感——我几乎没有任何生活经验。当时什么都不会的我，现在想来非常可笑，在十八岁成年之前蹒跚所学的"基本生存技能"，想来是一种莫大的讽刺。因为公交车坐错站而在荒芜的马路边拿着没电的手机手足无措，因为不会网购而始终只能去家乡的破书店买书，因为不会手机导航和订旅馆而在旅游时给好友增加负担，第一次坐地铁的欣喜和新鲜惹得周围人注目。个人和社会之间巨大的脱节空间，在那几个月内慢慢填补，现在想起来却是一段快乐的岁月，因为我发现这种学习让我快乐，都是新鲜简单的东西，比高中那些奇形怪状的数学符号好得多，我在学习它们的时候得到了极大的满足感和成就感，不久后我就能熟练运用了。文字以外的学习，让我感到如此快乐的，应该就是那几个月中的所得了。

十年是一段漫长的时间，就连国家也是按着"五年计划"来实施，回头看前面的十年，虽说淡薄，却是人生重要的时光。人总被谆谆告诫着"眼下是最危急的时刻"，十岁时觉得从出生开始，慢慢长大，是莫大的神奇和变化，十岁以后的人生必定比之前变化少些。而现在二十岁回头看这十年，十岁时的想法自然很幼稚可笑。如今想到未来，想到人世不可预测的变化，不由得产生敬畏之心。前些日子翻相册，我在长大，身边的人在慢慢变老，小时候带我的外婆那么笔直的腰背，如今竟然走路都有些颠簸。就算知道生老病死是世界的规律，且终有一天会降临到自己身上，还是忍不住有些难过。如同春天对局外人和局内人的意义不同，在我看来，春天是轮回，还会再来，而对于春天绽开的一朵花而言，片刻即是永恒，去了就是去了，途中若遇到风吹雨打，也是命运，结束了就再不会来。

正如本篇开头说过的，我认为生日的意义在于让人反思，而不是提醒又空空老了一岁。唯独在这一天反思过去，展望未来太刻意了，所以我从这一年的开始就已经在思索，冬天的时候想着今年要二十岁了，总觉得恍惚，和朋友开玩笑自此要"奔三"，却掩盖不住心里的紧张和未适应的压力。现在已是盛夏，是我出生的季节，我想通了很多的事情，也理解了很多。当然更多的还是迷惑和矛盾，人生就是在日子不断流淌，不断思索中解决这一个个的谜团，若是有些矛盾不可解决，那想通了也是好的。生命苦吗？甜吗？值得吗？后悔吗？我想还远不能回答。人有智商的高低，在考试上或许可以走捷径，但人生就像是学习，不可以有捷径，唯有一步一步走，且永远是独行。路程多少已不是重点，心态才最为重要。想来人生就是种修行，走到最后释然了，也就得到解脱了。

人 生 天 地

西域之行（一）

2016 年 7 月 15 日　上海→兰州→西宁

　　西域之行第一天，一整天都在赶路，从上海到兰州再到西宁，飞机换动车换火车，海拔是缓缓升高的，没有感觉到高原反应。包里带的小饼干诚实地胀包了，我才反应过来，这里是高原呀。

　　兰州是重工业城市，虽然海拔较东南沿海高，天空倒相差无几，都蓝得勉勉强强。但在飞机尚未完全着陆时，西北那极有特色的地貌就在窗户上显出来了，大大小小连绵起伏的砖红土黄色山脉，有棱有角，无数细小的褶皱在尖端汇成一个点，高空望下去宛如蛋糕上用奶油挤嘴挤成的奶油尖儿，层层叠叠铺在这块土地上，像被流水侵蚀得千疮百孔的石头。河流很少而细长，绿洲沿河分布，窄窄一条，植被是近乎墨色的深绿，这块大陆性气候土地上的植物，一定是咬着牙关渡过风沙或干旱，故不似雨水丰沛之地的植被色彩浓稠、作为城市的绿化景观装饰着土地。这儿的树木和土地的关系，比起装饰，更像是相依为命又互相抗争，似乎生长在天地间就是一种力量的象征。这一丝仅有的绿意渗透在这块黄色红色间，使这块土地于壮阔中更有视觉上的炙热感。不知怎地让我想起《西游记》，电视剧中的师徒四人似乎总在大山林间行走，而在我看书想象的画面中，那永远是一条被朱红色占据天地的炽热道路。师徒四人的身影在这样宏大又单一的背景下，再厉害的高手也唯有感叹造物主的神妙与自身的渺小。想到此，取经路的艰难险阻，终于通过这无声的视觉冲击下让我感受到些许了。

不论是飞机还是动车，内部结构都大同小异，以座位为主，而有卧铺的火车就不同，一方狭小的卧铺车厢内，上中下都可以睡人。外面景色飞驰得快，车厢内的人宛若在巨大的动态背景下，火车里没有帘子没有隐私空间，乱糟糟也好闹哄哄也好，有一种置身人潮的感觉。我上一次坐火车，还是七岁那年去北京，睡了一夜第二天才到，于旅途过程完全懵懂无知。从兰州往西宁，因为动车票售完，我不得已买了火车票，时间由一个多小时变成了将近四个小时。我暗自欣喜可以慢慢看沿路的风景了，这儿的天暗得晚，今天又是艳阳天，等到了目的地，说不定可以看到美丽的日落。

晚上九点饥肠辘辘到达目的地青海西宁，天终于暗了，在出租车上看到非常灿烂的晚霞，大概是因为背景是广阔的山地，没有特别高的建筑物遮挡，晚霞整个儿像一卷画一样摊开，大块大块渐变的橙红橘黄，"灿烂"大概就是这样"毫无保留"的意思。天空特别干净，即使是晚上，也看得到天空的底色几乎是透明的，云是这蓝色透明玻璃上深色的阴影，走在街上抬头，觉得天地辽阔。

现在是青海的春天，气温适宜，公路边上种了许多牵牛花，红红紫紫很热闹。晚上冷起来，牵牛花开始慢慢合上花瓣。

大西北之行，今天才是个开头，明天会更深入，期待。

西
域
之
行
（
二
）

2016 年 7 月 16 日　西宁→祁连山→门源→张掖丹霞

　　大西北的 "大" 超乎想象， 每个景点之间都要赶很长时间的路， 西北行的第二天， 我们坐着车翻山越岭， 从青海一路奔到了甘肃。

　　乘着车翻越祁连山脉， 沿着盘山公路一路看风景。 青海的山地不像湖北四川那般巍峨的万丈山崖， 而是非常平缓， 沿路经过的岗什卡雪山看去也不觉高耸， 只略微比周围的山脉高出一点点， 稀薄大气中透出的强烈阳光照在雪上， 雪顶发出珠玉一般的光芒。 现在是青海的春季， 油菜花盛开， 一大块一大块， 有些是方形， 有些是流线长条形， 金黄色的， 还有一种不知名的金色粉色小花， 看到有当地的孩子采摘来做花环。 今天天气很好， 这些金色粉色铺在山地上， 与蓝色的天空， 绿色的山地， 还有岗什卡雪山璀璨的雪顶形成一种协调的温润感。 牛羊在吃草， 时不时地还会有一身油亮黑毛发的牦牛从车窗外奔过。 远处的山坡是浅绿色， 长着一种团起来的小树木， 远望去一小粒一小粒深绿色缀满山坡， 溪水是高山雪融水， 冰凉凉的， 印着天空和白云， 原来传说中那种 "水里可以照出形容和颜色" 的情况是真实存在的， 一切都非常洁净澄澈。

　　云彩厚厚的， 像大团紧实的棉花， 底部是厚重的淡灰色， 云彩非常非常低， 低到在下方的山坡上投下深深浅浅的大块阴影。 油画里有一种云彩的画法，画日落的云霞五颜六色如调料盘，堆积得很厚重；我之前只觉得是画家随心所欲表达自我的画，现在才领悟原来是我孤陋寡闻，云彩真的是有厚度有色彩，且这样美这样盛放，让人措手不及。"蓝蓝的天上白云飘，白云下面马儿跑"，真的是这样。车子前奔过一位骑着马的肤色黝黑的牧民，坐在马背上非常平稳，让我想起阿城《峡谷》一文中的骑手，神秘而淳朴。这儿的人，尤其是放牧的骑马的人们，和牛羊甚或大自然是平等的，一样活在这天地间，一样地心安理得，这是何等让人艳羡的奢侈。我不停拍照，虽知照片无法展示万分之一的美，还是想尽力多留下一些。

午饭后来到门源油菜花盛开的田地边，公路两旁的油菜花开得无拘无束，据说此地大面积种植油菜花已有一千八百多年的历史。若全是金色倒也普通，最难得是天公作美，天气晴好，白云一排排掩在不高的山坡后，山坡上有红有黄有绿，红土岩石的横切面，油菜和青稞错综分布，于规整中更见平和。如今城市用地增加，乡间的地也渐渐少种庄稼，无法看到这样大范围的农作物，反倒遗憾。中午阳光毒辣，但我们欢呼雀跃，根本顾不上大太阳，今朝风日好，感谢老天！我们激动万分，除了感恩之外别无其他念头。

下午到甘肃张掖的丹霞去看日落，和植被大面积覆盖的青海不同，甘肃的山是红砖色的，植被也是矮矮的细小的，不大起眼。因此一眼望去都是红色黄色，视觉上感觉非常热了。"七彩丹霞"形成于侏罗纪时期，岩层呈现出红白相间的整齐的条纹，在夕阳的光芒下更显火红。西北的天暗得晚，我们坐在栈道上傻傻地等，越等越饿，连绵的岩层宛如五花肉，小小的隆起的山坡就像是一个个的花色馒头。最后因为天气原因我没有看到色彩浓艳的落日，但阳光下的丹霞地貌还是给我留下了非常深刻的印象。

第二天的行程就是这样，横跨两个省，体验了从冬到夏的温度变化，是非常非常充实的一天。

西域之行（三）

2016 年 7 月 17 日~18 日　张掖→嘉峪关→瓜洲→敦煌→玉门关→汉长城

　　甘肃三关：嘉峪关、阳关、玉门关。17 号行程轻松，主要去看了嘉峪关。在唐朝，出了嘉峪关就是出境了，走出嘉峪关城门向前看是平沙漫漫的戈壁和连绵的天山山脉，人渺小得不可言，"飘飘何所似，天地一沙鸥"的临场感扑面而来。向后看是六百多年保存完好的古城，此处极为干燥，我来了这几天就已经嘴唇起皮及流鼻血，年降水量仅为 80 毫米，蒸发量却达到 2000 毫米，故对于古建筑的保护极为有利。嘉峪关保存了八分原貌，和其他两关仅存遗址的风貌不同。

　　四四方方的城墙在大漠的背景下也显得小，但那种肃穆严整的威严感存了下来，城墙构造极为严谨，干净利落，无一丝累赘，就连仅有的一处"与民同乐"的戏台也是简洁大方的样子，壁画色彩仍鲜艳，城墙下方地面铺着沙石，据说是原先的练兵场。我在城楼上往下看时，正好看到有打扮成兵卒模样的一队人经过，很有意思。

　　嘉峪关保存完好除了与此处气候有关，也离不开严格的建造要求。边防重地且风沙大，要建坚固的建筑不可谓不用心。从老黑山运来的稀土不仅要暴晒，还需在锅内翻炒，将可能存在的草籽全部消灭，以防草籽发芽导致城墙松动，在建造时还有承包制，一个人负责一块区域，若是弓箭在一定距离内射得进城墙，整面墙就推倒重修。这样严格的要求，才令这西北风肆虐的边塞地区的嘉峪关，得以六百多年模样不变。

印象最深的是这儿流传的几个小传说，如在进口的某处，敲击城墙若听得到回声，去守关打仗的亲人就可以顺利回来。再往里的另一处，若听得到回声，则是在有生之年可以活着回来。可怜无定河边骨，犹是春闺梦里人，古时候的边关将士，在离别的那一刻真是生死未卜，这两者之间细微的差别，是否因为直面大漠，才明白"有生之年活着回来"已成为最奢侈的希望。都说仪式是在世的人自我安慰的方式，那留在原地等待的人，用这种方式占卜爱人的生死，也是一样悲凉的派遣。

可以过平安康定的日子，真是侥幸，也应当感恩。

第二天前往敦煌，在茫茫戈壁上飞驰，环境风貌开始变成沙漠，看不到山，也热起来了。途经瓜洲，此地昼夜温差大，西瓜、哈密瓜、白兰瓜都好吃，甜到发齁。小个儿的南瓜颜色鲜艳，金黄的哈密瓜干撕成一条条晾在架子上风干，还有雪梨干黑加仑干等等，味道也极甜。我疑惑王安石《泊船瓜洲》一诗中怎么没提到此地风情，也疑惑此茫茫大漠何来"泊船"，一查才知道原来此瓜洲非彼瓜洲，诗中的瓜洲是如今扬州南部一带。想到自己前几天还和朋友提及"今天我要经过瓜洲，就是'京口瓜洲一水间'的那个地方！"真是羞愧。

下午到达敦煌，短暂休息后驱车两个多小时去玉门关，一路上黄沙漫漫，几乎无法见到人影，仿佛能在此出没的都是妖魔鬼怪，我第一次看到沙漠，不由得震惊，因为无法想象文明早在千年之前就已在这样的地方生根发芽。丝绸之路穿越沙漠和高原，古人牵着骆驼，要经历多少个风沙炽热的日子？我疑心是神的指引了。六点半左右到达玉门关，此时家乡苏州应已经傍晚，而此地艳阳高照，日光毒辣得可以蒸鸡蛋。风沙很大，卷起阵阵黄沙，较之嘉峪关更是"平沙漫漫楚天阔"，且玉门关是汉代所建，距今已两千多年，所以仅剩下遗址，是一小块城楼。再过几百年，玉门关就会消失在这茫茫大漠，不知后人再读到"春风不度玉门关"的诗句时，是否感受得到那种折柳送别的依依之情。能在玉门关遗址尚在的时候一睹其容，我觉得非常幸运。

　　晚上住在敦煌，我们将在这儿过两天。敦煌，对于我来说，这个词是这次来西域旅行最大吸引所在，尤其是莫高窟，从小时候翻摄影集看到照片开始，到后来父母讲给我听那些佛像和藏经洞的历史，敦煌莫高窟在我心中就是一个神秘而宏大的形象。这个城市很懂得发扬文化符号的魅力，到处可以看到有关莫高窟壁画的形象，路灯都印着反弹琵琶的飞天，我在家乡苏州时，也看到一些车站使用了园林粉墙黛瓦的设计，善于运用特色，不愧为城市的一张极富个性的名片。

西
域
之
行
（
四
）

2016 年 7 月 19 日～20 日　莫高窟鸣沙山月牙泉→柴达木盆地德令哈

　　莫高窟在我心中一直是圣地一样的存在，从很小的时候父母讲佛教传说开始，到后来看到图册照片中有关莫高窟的介绍，莫高窟对于我而言已经不仅仅是一个艺术圣地，一个带着千年曲折历史的见证者，更是演变成一个无法触摸到的神圣的符号，神秘瑰丽。此次来看莫高窟，便是下定决心打破这种遥远的膜拜感和距离感。很多事情都是这样吧，先得消除距离感，从符号变作现实，才发现是可触可了解的真实事物，才可以用平常心去看待和感知。

　　莫高窟每天限流六千人，一票难求，我们很幸运地拿到了八点场次的门票，是一天的第一场。参观莫高窟需要讲解员的讲解，我们先在影院看了两段小电影，讲述莫高窟的历史和渊源，由于莫高窟有四百多个有壁画和佛像的洞窟，不可能全部看到，所以在影片中展示了一些此次看不到的洞窟，球幕影院展示的洞窟在视觉效果上非常逼真，未看到真迹就已升起崇敬和宁静，我觉得这是很好的铺垫。

　　由于是第一场，所以没排多久队，每个人发了一个小小的挂件式耳麦，用来听解说员解说。每个洞窟都有门锁，解说员带着钥匙，挨个打开，里面阴凉昏暗，解说员用手电筒来照壁画和塑像，一一解说。前三个参观的洞窟中的佛像都是清朝重修，形态有些比例不当，色彩也较突兀，但壁画非常细致精美，是隋朝或唐朝流传下来的。隋朝时的壁画还稍显粗糙，飞天形态笨拙，而发展至初唐，飞天的体态就被本土化了，形态轻盈，散花奏乐，衣带飘飘，精妙无比。且壁画所用颜料是从矿物质中提取，故虽有少许氧化，大体色泽仍保留着一千四五百年前的样子。尤其是经变画，是佛教传入中国而产生的独特艺术，解说员讲解了一些小故事，结合着壁画，如法华经中的传说及有关微妙其人出家的前因后果，佛教的理念用通俗的故事来展示，的确有利于在民间传播。除了经变画，还有一些壁画是密密麻麻整齐绘着无数的莲花图案或小佛像，莫高窟又称千佛洞，说的就是这些小佛像了。解说员说，虽然小佛面目看起来一样，但不是随意画的，每一个佛，都有名字。所谓"匠人之心"，虔诚而细致，才可以创造出如许奇迹。

第四个洞窟是盛唐时期的，一进门就感受到较之前不同的繁盛和精妙，内室建造各有各的妙处，很多是向上逐渐变小，延绵好几层，最上处的天花板上绘着各色图案，有龙凤等，原先是贴着金箔，如今有些剥落，但仍雍容贵气，这也和洞窟保存的完好有关。

塑像的形态演变不仅仅与佛教传入中国、日渐本土化有关，也与历朝历代审美变化有关。我们此次参观的一处早期隋朝洞窟，佛像清瘦，是那个时代的审美。唐代崇尚丰腴，佛像体态也丰盈饱满，细眉慈目，尤其是一尊佛像，佛坐在莲花上，身着朱红色纱衣，轻润柔婉，衣裳被莲瓣一一勾住，呈现自然垂下的样子，这丝绸衣裳的质感被刻画得精妙非常。不论是哪朝哪代，佛像形态是清瘦还是丰盈，表情皆是安详平和，手指形态自然圆润。大弟子伽叶是苦行僧，神态形容严肃，弟子阿难年轻聪慧，体态极为潇洒。两面天王威严又不失平和。佛就这样宁静地坐在这儿，一千多年对他来说不过是弹指间。

最后还看到了藏经洞，没有想象中的那么大，有些像壁垒，想到这里发生过的种种，游客们唏嘘不已。人身处在历史的转折口，又怎样知道自己的做法到底是对还是错呢，而且"对错"本身便是难以界定。人是被历史的洪流卷着走的，王道士如此，我们现代人亦如此。

莫高窟内不允许拍照，外部也有一些壁画的图案，全部的外部壁画都是由曹氏家族在任敦煌节度使时所作，虽年代久远且风沙侵蚀已有残缺，但仍栩栩如生，形态精妙。

下午我们去了鸣沙山月牙泉，我第一次看到这么细的沙，还好在景区门口可以租鞋套，一直套到膝盖，可以防沙。月牙泉是很小的一眼泉，在边上感受不到美，需要爬到对面的沙山上去看。我们为了体验张骞走过的漫漫黄沙路，脑子一热，选了没有楼梯的沙路，只能攀着绳子慢慢上去，沙子太细，一脚踩上去就滑下来半步，且坡度很陡，我们都累得几乎脱力。但千辛万苦爬上沙山的一瞬间，阴天变成了晴天，我们看到了落日。金光灿灿，光芒万丈。霞光从厚厚的云层后射下来，那一瞬间我们仿佛看到了佛光，非常幸福。

第二天一整天坐车经过柴达木盆地，一路上都是茫茫的戈壁和荒漠，晚上到达落脚点德令哈，海拔升高，非常凉爽。海子在此写过一首著名的诗《日记》，今夜的德令哈虽没有雨水，但那美丽的戈壁和星空还在，默默不言。

日记
海子

姐姐，今夜我在德令哈，夜色笼罩

姐姐，我今夜只有戈壁

草原尽头我两手空空

悲痛时握不住一颗泪滴

姐姐，今夜我在德令哈

这是雨水中一座荒凉的城

除了那些路过的和居住的

德令哈……今夜

这是唯一的，最后的，抒情

这是唯一的，最后的，草原

我把石头还给石头

让胜利的胜利

今夜青稞只属于他自己

一切都在生长

今夜我只有美丽的戈壁空空

姐姐，今夜我不关心人类，我只想你

西域之行（五）

青海湖的美，是大美，美极无言。

大半天的车程后终于来到青海湖，开始是极细的一条带子，远在地平线，慢慢靠近后逐渐宽阔，由于地势，远望去像是比陆地高出许多，蓝绿色的湖水，一层叠一层过渡，奇异地混合在一起。那一刻心中唯有惊，不是惊叹，因为惊叹需要感慨，此刻却是毫无念头，只有那种壮阔洁净的震撼。青海湖边非常冷且风大，我们穿着羽绒服，在凛冽的风中面面相觑，无言以对。

沿路有许多藏包，一个个像五彩的馒头安在草原上。一些是牧民居住，一些是旅店。已是临近日落的时间，大巴在湖边开了许久，愈往前开视野愈开阔，道路两旁的山地渐渐平缓，像是草场了。青海湖面的远处隐隐约约显出山的轮廓来，又不像对面的山，因为知道青海湖很大，远眺无法看到尽头。导游介绍说是湖中的岛屿，过去的苦行僧在其上修行，直到冬季天寒地冻，青海湖全部结冰，他们才可以出来采购用品。这里是藏传佛教盛行之地，虔诚的修行者有多种方式表达心意，如绕湖行走、磕长头或是在湖边建风马旗。行驶在藏地，常会看见以石堆为中心，四周用五彩经幡缀连的山包形物，这便是藏语中的"隆达"，汉文意为"风马旗"。建风马旗是很积德积福的行为，且青海湖为藏人心中的"圣湖"，地势又高，藏人相信随着风马旗的飘动，佛经要旨便会洒向更多人，故沿路风马旗堆甚多，有大有小，在湖畔大风下飘飘扬扬。

车子停下后就可自由活动，一收拾好就赶向湖边，地域广阔，住在此处的人家多有草场划分，通往青海湖的马路旁开着油菜花，红砖房或白色的藏包点缀在草原上，隔着很远看到远处厚厚的白云下划出一道短短的彩虹，近九十度角，直射入青海湖，大概是因为空气洁净，虽然距离远但色彩分明。我很少看到彩虹，家乡空气不算太好，即使偶然见到也不甚清晰，彩虹仿若自带光圈，阳光在厚厚的云彩上折射出亮晶晶的光，彩虹在白光的晕眩下格外明艳。湖边水草丰美，有一汪积水，也不知是不是小溪流，从东到西细长的一条，里面映着蓝天和白云，蹲下细看，水里的景色像加了一层淡色的滤镜，此外便是天上地下一式两份的画卷，水面平稳得一丝水波都没有，我喜欢这种镜面的纯粹，拍了一路。

海子在青海湖畔写过一首诗，这是一首带着颜色的诗，青色，白色，黑色，还有用诗句编织出的荒凉的气味，冷而干净，就像这青海湖畔的实景，高原和远处的岛屿汇合，白色的波涛，鸟群和盐，大美无言。

风非常大，嗖嗖地穿过衣服，冷而巨大的风，将人吹得醉了，波浪从远处一波一波传过来，湖面像起了褶皱的巨大宝石，是深蓝色，水声风声融在一起，人像一粒沙石般渺小，徒然生出仰慕和敬畏之情，原来吹风也会迷醉，这样的美，这样的神秘莫测，难怪海子将青海湖比作青海的公主。

晚饭时出门，再次看到彩虹，出现在草原上，更大更近。接着太阳慢慢下去，我站在空旷的西面草场上看太阳慢慢落下去，在没有任何遮挡物的天空上，从左往右，从上到下尽是天空，人居住的地方只是靠近地平线上细微的一处，除此之外，天空一望无际，可以一直望到东面，苍蓝色的天幕逐渐被染成一片金色，店家在外晾晒的白色床单随风飞起来，像一只只白色的蝴蝶。饭店拿出长方形的大型火盆准备做烤全羊，火在夕阳映照下精灵一般舞动。

晚上举行了小型的篝火晚会，第一次看月亮升起来，在东面辽阔的草原上，月亮从地平线上慢慢升起，开始是一个小角，玉白色的明亮的宝石，一开始还疑心是灯，接着就再往上升一点，再往上一点，月亮果真是一点点爬上来的。 那是我见过的最圆最亮的月亮， 古人描写美人总是 "月亮脸"， 才知道无暇的银盘似的圆脸， 也只有月亮的光辉可形容了。 这广阔的草场上， 灯很少， 夜非常黑， 密密地。 月色如水， 照亮了周围的一圈层叠的厚云层， 月光能照亮周围的云彩， 这原来是真的。

此刻点起了篝火， 火星像有灵性一般， 热情地发出 "噼啪" 声， 陌生人们拉起手围着篝火跳着笑着， 月亮静静地挂在夜空中微笑着看着， 伴随着青海湖淡淡的波浪声， 连风似乎也在笑， 叫得更响， 疑心是错觉了。

附：

青海湖

海子

这骄傲的酒杯
为谁举起
荒凉的高原

天空上的鸟和盐为谁举起

波涛从孤独的十指退去
白鸟的岛屿， 儿子们围住
在相距遥远的肮脏镇上

一只骄傲的酒杯
青海的公主请把我抱在怀中
我多么贫穷， 多么荒芜， 我多么肮脏
一双雪白的翅膀也只能给我片刻的幸福

我看见你从太阳中飞来
蓝色的公主青海湖

我孤独的十指化为天空上雪白的鸟

七月不远 （节选）

海子

因此爬山涉水死亡不远

骨骼挂遍我身体

如同蓝色水上的树枝

啊！青海湖，暮色苍茫的水面

一切如在眼前！

只有五月生命的鸟群早已飞去

只有饮我宝石的头一只鸟早已飞去

只剩下青海湖，这宝石的尸体

暮色苍茫的水面

西域之行（六）

　　金银滩草原是王洛宾写出《在那遥远的地方》的地方，那里有许多骑行爱好者，蓝天白云下，身着鲜艳骑行衣的人在地平线上呼啸而过，非常美丽。那天天气极好，漫山遍野的羊群在低低的白云下吃草，我由于高原反应而在大巴里休息，遥望去便诧异自己是否是从现代穿越过来的。牧民骑着马，赶着上百头羊行走在天地间，在自然景色之前，我时常生出一种多余感。

　　下午的塔尔寺，是藏传佛教大师宗喀巴的出生地，宗喀巴大师是达赖和班禅的老师，也是藏传佛教格鲁派的创始人。佛殿层层叠叠，远望如同布达拉宫。大大小小的佛寺佛殿多年代久远，木质建筑皆精雕细琢，重修后的色彩鲜艳，未重修的建筑也可从雕刻和褪色的地方看出其精心。由于众多佛堂不允许拍照，我只在塔尔寺的大门口处拍了几张，蓝天白云下，朱红鎏金的建筑显得无比庄严巍峨。许多佛殿内种植着菩提树，千百年前，佛陀便是在菩提树下大彻大悟，故菩提树在任何一派的佛教中都有重要的意义。佛殿前的小院子并不大，在香炉袅袅的烟雾中，遮天蔽日的菩提树宛若绿色的车盖。也有伸出墙壁的，在朱红色的外墙映衬下格外生机美丽。

　　前来的除了游客，还有许多虔诚的修行朝拜者，在廊下磕长头跪拜，神色庄严。塔尔寺艺术三绝是：壁画，酥油花，堆绣。堆绣是一种西域独有的刺绣艺术，以羊毛为绣线，佛像的眼睛为黑珍珠，指甲等皆是实物，故佛像看起来极有立体感，栩栩如生。在庙堂内悬挂着众多佛像的堆绣，如今堆绣手艺已经失传，能近距离看到实属幸运。

佛殿外有许多转经筒，中间部分已被人转得锃亮。藏传佛教信仰者将经文放置在转经筒内，顺时针转动一次就相当于诵念一次经文，可忏悔往事，消灾避难。一路上看到许多朝拜者手持小型的转经筒，不住转动，嘴里喃喃念着六字大明咒"嗡嘛呢叭咪吽"，再小一些的转经筒，有挂在脖子里的。融入生活的宗教，在每个信仰者心中都如同吃饭喝水一样平常的事，却又是一生的精神支柱。

在佛殿外的墙角下偶遇一只打盹儿的猫，不惧生人，悠然自得，在夕阳的光芒下静静盹着，万物皆有灵，这只猫一定也是修行的居士吧？

人生天地间
——西域之行后记

　　七月中旬到七月末，我与三位同伴去了大西北，这一段西域之行，时间长范围广，以至于从大西北回来已有多天，在家乡热浪中翻看沿途照片，仍觉得恍若一梦。同伴的妈妈曾在旅行前开玩笑称：江南女子一定会被大西北的风光所震撼。回顾这一路的旅行，的确是被"震撼"二字贯穿。

　　我们此次是在青海西宁集合，然后乘坐大巴，在甘肃青海绕一大圈后再返回西宁原点，九天时间，总路程两千多公里。坐在车上只觉得景点之间路程漫漫，就算是那一天穿越柴达木盆地，行程六百多公里也并没有直观的感受，长路只是数字而已。而回来一看地图却非常吃惊，原来经过了这么长一段路！且这一路有高原有沙漠有戈壁，虽我们亲身经历之人知道无人区的景致天下无双，但地图上唯有沙点和高原的深红色标注，难怪外婆在我出发后埋怨：为什么让她去那种地方呀？天上没有一只鸟，地上没有一棵草！外婆从前听下放的知青讲过西域的困苦，想象自然是极尽荒凉。我在旅行之前亦有一些这样的看法，认为美景就是荒漠中的一两个小点，此外皆是茫茫大漠，同伴们也做好了吃不习惯当地食物的打算。结果一路上都在不停地吃吃吃，大盘鸡好吃，肉夹馍好吃，牛肉拉面烤牛肉羊肉串驴肉黄面酿皮粉条油糕酸奶西瓜哈密瓜桃子香蕉都好吃！

这一路的美景，毋需多述，即便是现在翻看照片时，还是忍不住感叹我们的好运气。当然，照片不能反映出实景的千分之一，而旅行的美本就在于身临其境，照片之类虽说可记录，终究是极为有限。即使是再好的相机，也无法记录下那一瞬间的所有，诸如漫山遍野油菜花的香味，炙烈的阳光，风沙的声音，藏族孩子晒得黑黑的小脸颊，或是人身在天地间的渺小感。

　　在城市里，时常会有"人是世界的主宰"这样不自量力的想法，科技不断发展也让人意识到和自然之间的关系微妙，自信心不断增长。而当我站在高原的山地间，在大漠中古城墙的遗址边，或是在一望无际的青海湖边时，只觉得这样的念头极为可笑。人是多么多么渺小啊，在这茫茫的天地间，如同蝼蚁，如同沙粒，这美丽而危险的大自然，何曾是"可战胜"的模样？但人类有其独特的智慧，便是与自然和谐相处。这儿的牧民千万年前生活在这蓝天下，和这草原上其他的物种一样生活，如今也是未曾改变。而千万年前在黄河流域生活的人们，经过不断的繁衍和发展，已成为了强大的种族，封建时代的皇帝，还曾肃穆规整地"祭天"，还有祈求五谷丰登、风调雨顺的祭祀，敬畏自然的民族，仍有诸如"抬头三尺有神灵"这样的信仰，而如今，我们对"天地"的敬畏何在？人类不论怎样发展，终究是生活在这地球上的一个族群而已，何以俨然成为了地球的主宰？静默无言的大自然，用那无双的美景就解释了一切，景色越是美，越是宏大，越是觉得人啊，真是太过渺小了。

　　离开敦煌的那天早上，城里刮起了沙尘暴，树木和路灯都在狂风中摇摇摆摆，黄沙漫漫，能见度极低。第二天看到这次沙尘暴上了新闻，想到无常的天气和变幻莫测的景致，不由得对自然的神秘力量敬畏至极。

　　古人云"读万卷书，行万里路"。以如今的标准自然算不上什么，但眼见和亲为到底是两种事，当刚刚身处只在传说中的地域时，人恍若身在两个世界——想象的和现实的，那些书或传说描绘的或雄奇或诡谲的故事皆是从这里发源，千百年来沿着人类的足迹去了更遥远的地方，当我们这些踏着传奇慕名而来的远行客终于仔细端详时，这片土地的实景和想象在脑海里便融汇成一个完整的，互感可循的世界——或许没有传说中的凶险，没有神话中的瑰丽，但那尽可能保存了原始的形态，便是现代人眼中的异色了。古传说诡变莫测，今人唯有沿着古人走过的道路前行，才可以在尘埃掩埋下，看到与千百年前古人似曾相识的景象。旅行的意义也在于此——照片录像带不走的，是身处天地间的六尘触觉。难怪日本神怪小说家梦枕貘曾重走《西游记》中的取经路，从西安到吐鲁番的行程中，有多少千年前的记忆会入梦来？张骞行过的丝绸之路，唯有爬过沙山才明白艰难；莫高窟的瑰丽，唯有亲眼看到才懂得何为"匠人精神"；也唯有站在茫茫戈壁上，在知晓海子那首《日记》的孤寂。青海湖畔的行者啊，抬头望一眼天空吧，可知这如轮升起的明月和这灿烂的星河，是离想象近，还是离现实近呢？篝火旁手拉着手载歌载舞的陌生人们，我们相聚在一起，因为陌生而敞开心扉，而终究只是今晚的狂欢。人生天地间，忽如远行客。我们终究是要回到人群和城市，回到钢筋水泥和面具的森林。唯有这默默无语的高原天地，守护着每个人的洁净和寂寞。

拜托啊，请珍惜眼下

　　昨天晚上，微博爆炸。乔任梁这个名字，在各种疯狂诡秘的消息下迅速攻占了所有的头条。紧接着，在网络稍稍恢复正常后，各种口耳相传的消息、各种科普、阴谋论、澄清来势汹汹，众生百态一一展现。舍友告诉我这是一位年轻的艺人，演过电视剧当过歌手。照片里是一位帅气的大男孩，微笑阳光而带有一丝玩世不恭，这样的微笑，此后被永远固定在了 28 岁。

　　在所有的声音中，粉丝的声音是无力而哽咽的，我看着这些留言，不敢想象在苍白的文字后，到底有着多少在屏幕后抽泣的灵魂，对于粉丝来说，偶像的去世意味着什么？他们喜欢的追随了那么久的对象忽然就消失了，再也看不到了——还是以抑郁症自杀这样惨烈的方式。

　　十多年前，哥哥像一只蝴蝶一样从高楼飘落，据说那一抹血色至今还留着，也留在粉丝的心里。遗书寥寥几十字："Depression。多谢各位朋友，多谢麦列菲菲教授。一年来很辛苦，不能再忍受，多谢唐先生，多谢家人，多谢肥姐。我一生没做坏事，为何这样？"

　　二十多年前，黄家驹在日本参加节目时意外受伤，不治身亡。

　　每年的忌日，还有无数的粉丝自发悼念着他们，还有粉丝希冀着他们的存在，诸如"黄家驹替身死亡"等消息传得沸沸扬扬，每个人都在自欺欺人地相信着奇迹和侥幸，也无力地接受着自我安慰。

太宰治大概是个重度抑郁症患者，他在《人间失格》中的名句 "生而为人，我很抱歉" 最近又被提了上来，有关抑郁症的科普和警示也流传在网络。病症描述中那种深入骨髓的沮丧和黑暗，让人伤心不是，怜悯亦不是。

死亡是那么近，仅仅一瞬间就带走了他们，以极其年轻，极其不自然的方式，匆匆结束。有些是意外，有些是自我了断。但对于粉丝来说，哪一种都是那么突然，那么无法接受。

我小时候第一次接触迈克尔·杰克逊的音乐，一下子被那种魔幻的张力所吸引，那时候上网还不是经常的事情，我笨拙地用智能 abc 输入法在网上找着他的所有视频、MV 或是现场，还有各种真真假假的新闻，贪婪地看着欣赏着，那时他还活跃在舞台，他跳舞时的舞步是那么轻盈魔幻，我在心里暗下决心：请等我长大，我要去美国看你的演唱会！

两年后的一个早上，正吃着早饭准备去上学的我在新闻里看到了他去世的消息。

在你死后，所有的人好像都认识你。

那段时间有关他的新闻漫天遍地，扑朔迷离的情节、是是非非的传闻、生前的行为和曾经的荣耀……他的歌曲一直在排行榜上，那一期的《读者》后面也刊登着 *Heal the World* 的谱子。

而我还沉浸在悲伤和愤怒中，仿佛 MP4 中那个让我一直钦慕和想象的声音已经不再具有活力，很长一段时间内我不去听他的歌曲，也在心里暗自生气——我还没有去听演唱会，怎么人就不在了呢。

记得那时母亲单位的一位阿姨问我为何闷闷不乐，我回答说迈克尔·杰克逊去世了，但我还没有看过他的演唱会。阿姨大笑，当是小人儿的胡言。我自然很生气，也觉得无可言说。

我生自己的气，也充满着无奈的悔恨。因为在任何一种幻想中，那时五年级的我都没有过去大洋彼岸听他的演唱会的机会。

然而还是不甘心。那种悲伤和不甘心，深深烙印在我心里，使我冥冥中感觉到，死亡是那么近，而对身外人来说，又是那么无奈。

后来我爱看《水浒传》，当时同龄人皆喜欢看三国，认为英雄和大义风姿飒然，而我热爱水浒中的义气和世俗，带点油滑，带点戏谑。撮合潘金莲和西门庆的王婆为要敲诈棺材钱，说了句"今朝脱了鞋与袜，哪知明天穿不穿"。简单平白不过，又是字字真诚，那便是民间对于死亡的大智慧。古代对于疾病和灾难没有现代人这样强的能力躲避，但天灾人祸却是人类千万年都无法掌控的，从这个角度上来说，死亡对于人来说从来就是个未知数。难怪要有宿命论，要有阎王生死薄这种传说。古代人类关于生和死的传说，西方有天堂地狱，东方有三界，连一块小小的胎记都有相应的传说："这个小孩子屁股上的胎记，是当时不愿投胎转世，被鬼卒一脚踢下来的。"对轮回的思考和想象如此详尽的，古中国的民间故事无出其右。

小时候看到类似鸡汤文的一句话："要如何度过日子呢？要把每一天都当作生命的最后一天来过。"那时我仔细想了想，若是生命的最后一天，我该是尽情狂欢和放纵吧？来人间一趟，及时行乐啊。

我爱着的音乐家坂本龙一，爱上的时候没赶上他美颜盛世的七八十年代，却在不久后的2014年，他被确诊咽喉癌之时，到现在，2016年，还未过关键的五年生存期。

着急吗，担心吗？作为粉丝自然是有的。但是没有用啊。

作为粉丝，或者说作为一个普通的局外人，面对这些是多么的无力啊。若是选择不接受也只是暂时，活在梦里的人终究要醒来，事实仍是事实。

在命运面前，人是多么渺小啊。

时隔一年的疗养，坂本龙一复出，为电影《荒野猎人》配乐。重新开起音乐会，玩起配乐，制作新专辑。

唯有倍加珍惜这一切，把这些当作意外之喜，今后的每一部作品，每一次新曲发布，都会用比之前更多的心思和精力去好好欣赏好好体味。

因为在我的心里，以前的坂本龙一已经留在噩梦般的2014年，我原以为再也看不到他的身影，听不到他的音乐了。所以此后的作品，都像是从天国侥幸偷来的馈赠。

所以我知道了"要把每一天都当作生命的最后一天来过"这句话的魅力，

并不是让人放纵，而是珍视眼前，活在当下。

劝君惜取身边人。

有了这样的想法后，很多心结得到了释放，比如对未来不可控的恐惧。用在生活上，则更像是一种始终悲观，却可以减轻痛苦的方式，也因此，会倍加珍惜存在的意义。

命运啊，我知道无法操控，但是我想，总可以想开一点，让人生更舒服一点吧。

清 风 不 识

战 争 与 救 赎

　　2016 年带走了很多人，对于很多人来说，随着摇滚巨星大卫·鲍伊的离世，《圣诞快乐劳伦斯先生》（又名《战场上的快乐圣诞》）这部三十多年前的电影，又一次进入了公众视线。

　　这是一部著名的反战电影，除去"导演大岛渚""由北野武、大卫·鲍伊和坂本龙一主演""主题曲是那首著名的 *Merry Christmas Mr. Lawrence*" 等标签外，这也是一部极具东方意识的电影，与《辛德勒名单》《穿条纹睡衣的男孩》等其他反战电影不同的是，这部电影对战争中表现出的文化差异也进行了反思——所谓战争和人性能否共存，以及对人性的思考：人性，真的有一个统一的、可衡量的标准吗？

　　第二次世界大战期间，正值日本向外侵略进行得如火如荼，南爪哇群岛上的一个战俘看守所由陆军大尉世野井和大原上士共同管理，战俘劳伦斯因为会日语而成了沟通战俘与军官之间的桥梁，这部电影就是以劳伦斯的视角展开。

　　故事分为明暗两条线。明线是杰克与世野井之间的故事。新进来的英国战俘杰克，由于特立独行的作风而得到了世野井的钦佩和认可，在他作为战俘期间对他多有关照。同时，同一战俘营中的上校拒绝向世野井透露战俘中熟知军火军备的人员名单，使世野井大为恼火，此外，大原上士因为醉酒而释放了劳伦斯等事件最终让世野井觉得自己的尊严受到了蔑视和挑衅，他无法抑制心头的怒火，极端的愤怒使他失去了理智，在鞭打辱骂了上校后决定当着所有战俘的面处决上校。就在这一刻，杰克站了出来，镇定地走上前亲吻了世野井的脸颊，这个吻把差点丧心病狂的世野井拉回了人间，使他免于堕入地狱成为恶魔。

世野井在羞愤和愧疚中甚至晕了过去，杰克为他对世野井的救赎付出了代价——他被活埋在沙地中，经过长时间的痛苦后窒息而死。而世野井也被囚禁起来，在杰克死去的那个夜晚，世野井偷跑出来向杰克敬礼，并剪下杰克的一缕头发作为纪念，纪念这个他所见过的最坚强、最令人敬佩的灵魂。日本战败后世野井面临绞刑，仍不忘托人将杰克的头发带回日本，供奉起来。

这是个有关救赎的故事。战争蹂躏生命，并涂抹了活着的人的性格，人性和爱成了牺牲品，越来越多的人在战争的践踏下失去了爱的能力，同时也变得极为冷血暴力。二战时期的日本，大肆宣扬着武士道的忠君爱国和不惜死命的思想，使得人们唯天皇马首是瞻，若是失败就切腹以死谢罪，军国主义的思想瞬间席卷了大批军人，在外作战时的疯狂与血腥令人颤栗。而是否有人想过，在成为杀人狂魔前，他们也是人，原本也有着平淡的幸福的生活，但战争对人性的泯灭使他们成了牺牲品，这也是为什么在眼睁睁看着对方要踏入地狱时，唯有伟大的爱能够救赎，但是爱在战争时期是多么稀有而珍贵的东西，若是有，那一定会付出极大的代价。像帮助犹太人逃跑的夫妻，收留战俘的小家庭，甚至电影中的杰克，还用生命的代价完成了这次救赎。

基督教教义认为人有原罪，人生是为了赎罪，杰克童年时对弟弟的背叛成了他永远的伤痛，也是因此而在长大后选择从军，一直努力帮助别人，试图洗刷自己身上的罪孽，杰克在人性面前的勇敢深深吸引了世野井，这和武士道中的效忠天皇和不惜死命有着本质的区别，东西方文化对于信念的巨大差异，以近乎悲壮的展现方式，淋漓尽致地表现在影片中。

杰克和世野井都有信仰，杰克信仰人性，世野井信仰武士道。在战争中，世野井的信仰成了无可非议的军国主义思想，但他的内心还残留着人性的光芒，这点光芒在杰克的提点下并未泯灭。同时，信仰的不同让世野井陷入了深深的思考和苦恼， 在杰克被抓却仍放肆啮咬着花朵时， 世野井的目光深沉而迟疑，信念在他的心中动摇了， 所以他喃喃地问： "你是恶灵吗？" 像是问杰克， 也像是在自言自语。

杰克回答： "是的， 我希望我是你的恶灵之一。"

劳伦斯： "不， 他不是恶灵， 他是个活生生的人。"

救赎是一个厚重而具有争议的主题， 这种主题对于讲究商业效益的电影来说是奢侈的， 所以剧本巧妙地加入了许多令人好奇的元素。 编剧 Paul Mayersberg 在 2011 年接受采访时回忆： "电影上映后， 第二天我读报纸， 影评就说大岛渚拍了部同性恋题材的电影。"

三十多年过后， 当这些噱头失去了宣传的作用后， 再来仔细思考杰克与世野井之间的感情， 我认为这两人之间的感情并非简单的 "同性之爱"， 也并非纯粹的互相吸引， 由于文化差异， 两人对彼此的情感是有不同理解的。

世野井对杰克是敬佩而产生的仰慕， 日本有 "仰慕强者" 的传统思维，在唐朝时积极学习中国文化， 明治维新时对西方文化的吸收和学习都可见一斑。世野井初次在审判席上听到杰克冲锋陷阵， 那么多事迹都是他一人所为时， 表情极为震惊， 在杰克面对枪决时视死如归的表现后更加心生敬佩， 后来又因为杰克散发的人性光辉而逐渐变成仰慕。 在战俘营中， 世野井是军官而杰克是战俘， 但杰克的信仰深深感动了世野井， 并使世野井陷入了迷茫和自卑中。

至于杰克， 由于儿时对弟弟的背叛， 使他这一生都背负着沉重的十字架，参军后表现出色， 即使被俘虏后， 他在面对审判时穷凶极恶的日本军官时也面无惧色， 坦然处之。 世野井的出现， 表现出的那种不加掩饰的钦佩和认可，让杰克觉得遇到了真正意义上的 "人"。 对战争的痛恨与对人性的珍视， 使杰克格外珍视与世野井的相处。 也正是因此， 在世野井即将踏入地狱时， 杰克毅然站出来拯救了他。

故事的暗线是劳伦斯与大原上士之间的故事， 比起杰克与世野井波澜壮阔的明线， 暗线显得平淡无奇， 却胜在时间线长， 对于明线和对战争的反思来说，暗线显示了一种上帝视角。

大原上士是一个年龄稍长的日本军官， 比起年轻的世野井， 性情冷血且对待战俘非常残暴。同时，大原对信仰至高无上的信念也在电影中得到了诠释——在神社中，当世野井与劳伦斯争吵并打碎了神坛的时候背景里的大原纹丝不动，兀自念着佛经，完全沉浸在信仰的世界中。影片一开始在处理朝鲜战俘时，大原的凶恶和残暴给所有人留下了深刻印象，他命令朝鲜战俘切腹自杀。面对世野井的质问，大原说，这样就可以让朝鲜战俘的家属领到一笔抚恤金，且给战俘切腹自杀的权利，已属恩赐。如果说世野井对武士道的信仰的不坚定，那大原就是一个完完全全按照武士道思维来要求他人的人，对劳伦斯，他们虽然有时相谈甚欢，但又时不时对劳伦斯大打出手，讥讽他失败后选择投降，并说"如果你自杀我会更尊敬你"等等，都是影片对比东西方文化的手法。

二战后，日本战败，镜头一转已是双方位置互换。大原被关押起来准备接受死刑，前一夜劳伦斯前往探望，二人默默相对，借他们的聊天交代了被处死的世野井，又回忆起了多年前大原借醉酒而释放了他们的经历，醉醺醺的大原用极为蹩脚的英语说着 Merry Christmas, Mr. Lawrence（圣诞快乐，劳伦斯先生），二人相视而笑。此刻的大原带着佛珠，皈依了佛教，神情甚至显得有些青涩，他轻声说，我已经做好准备去死了。

最后，大原叫住了劳伦斯，像当年一样用蹩脚的英语说出了那句"Merry Christmas, Mr. Lawrence"，此时的大原，含着泪微笑着，那张不算好看而喜感的脸上绽放出的平静与悲伤，让人饮泣。

佛教说，放下屠刀立地成佛。大原最后对宗教的信仰，是否能成为他的精神支柱？或许，在多年前的那个圣诞节，借醉酒来偷偷释放战俘的大原，就已经放下心中的执念了。

电影配乐精良，年近而立之年的坂本龙一在片中饰演了世野井，又为电影写下了那曲著名的 Merry Christmas, Mr. Lawrence，旋律简单而澄澈，同样的旋律能通过节奏和伴奏的加强或是减弱表现出不同的质感，几乎能感觉到那种日本式的哀愁和纠结。终究，这是个无解的问题吧？永远得不到圆满的答案，得不到了悟，可是残缺的亦有价值，即使是纠结，即使是哀伤，也能美到令人深思。音乐在片头出现时，他们还都在热带雨林，而一转眼，片尾就已是战争结束。在看电影时我忍不住想，这是只有东方人才拍得出的电影，也是只有东方人才写得出的音乐。虽然角色并非全是东方人，发生的地点也不在东方，但全篇展示出的关注点和对西方文化的思考，则毫无疑问是典型的东方美。

这个故事改编自 Laurens van der Post 的小说 The Seed and The Sower（《种子与播种者》），小说是对真实事件的改编，但作者又做了更深一步的处理，Laurens 后来提到，在写这个故事时热泪盈眶，几乎无法下笔。种子与播种者，是暗喻人性光辉的传播吧。

大岛渚是日本新潮电影的代表人物，暴力、情色、政治是大岛渚电影中的三大标签，同时他还敢于颠覆传统，勇于创新，他对传统武士道的嘲讽，对信仰的思考，对人性的探索深刻莫名。作为日本六七十年代学潮运动的积极分子，大岛渚对政治与战争的思考极为深刻，深刻到了如今的观众也不敢直视的地步。《圣诞快乐劳伦斯先生》这部电影，在反战电影中有着别样的表现方式与思考深度。

《大鱼海棠》
——被误解的「中国风」

　　《大鱼海棠》上映前我已在网上看过许多有关的介绍和剧照，第一反应是"啊，真漂亮，而且真是中国风味十足！"的确，无论是人物衣饰，画面构图，色彩对比，皆可感觉到来自中国，且是古中国的原始之风，直到我走进电影院，看到玻璃框内《大鱼海棠》的海报时，仍然如此觉得。

　　等我走出电影院时，我感到了理想与现实之间的落差，"美，但是不结实"是最为强烈的感觉。我开始意识到，是否这种鲜亮的"中国风"在成为大多数人极有好感的"第一眼印象"，对于这部电影，对于国产漫画，既是闪光点，也是巨大的缺点，而往深处思考，整个社会群体对中国文化的认识，是否也有了不小的偏差。

　　首先必须肯定这部电影的画面和音乐的确是非常美，看完电影后，我虽然没有强烈的安利意愿，但对于身边一些从事美术行业的朋友还是希望他们去看，因为画面的色调、构图，以及如何把情感化为二维平面和光线上来说，电影是十分成功的。

　　电影，不管是什么形式的电影，其主旨还是"讲故事"。诸如画面、音乐、演员等全是外部要素，电影的核心，在于思想，思想的载体，就是故事本身，即剧本。

可惜的是，《大鱼海棠》的剧本是硬伤。"北冥有鱼，其名为鲲"，整个故事对于《逍遥游》的借鉴仅止于此，甚至我说句玩笑话，还不如对汤显祖《牡丹亭》在表达意思上的借鉴呢——"情不知所起，一往而深"。整个故事以少男少女为载体，虽有青春的大无畏勇气，却没有表现出青春的无瑕和纯美。即使是"勇气"的表现手段也不甚高明，电影原想表现的为了爱的人而勇于舍弃生命，却更像是热血冲头下莽撞的决定，对生命思索有所欠缺。台词更是苍白无力，人物形象模糊。电影为了展现画面的唯美而减少台词，似乎像是文学作品中的散文化，但散文化追求"形散意不散"，电影的散文化，则对剧本、台词有高度凝练的要求，这一点，《大鱼海棠》无疑是没有做到。

至于"中国风"，中国传统文化中，民间文化和贵族文化一直区别颇大又联系紧密，贵族文化大体代表了汉民族的审美倾向，整体崇尚淡雅简朴，儒、释、道三教的融合也为这种文化带来了圆融醇厚的特征，宋朝的人文画即为代表，如墨梅墨竹等，重视"意味"而对"形"和"色"刻意淡化。与此形成鲜明对比的是民间文化，一说到民间文化，最具代表性的即元明清的市井文化，这种民间文化早已有之，在勾栏小巷中盛行，但到元代才得到兴盛，甚至风头超过了一直独领风骚的贵族文化，成为了时代的审美倾向。色彩浓烈，情节紧促是其鲜明的特征，即使是元杂剧中以市井小人物为主题的故事中，也是不重"淡"而重"浓"。发展至现代，民间文化不仅仅发展兴盛，且更重视从其他民族中吸取精华，中国有五十六个民族，许多民族都有其特殊的风俗和文化，而这些文化与汉民族的文化有很大的区别，同时也因为"异色"而呈现出别样的魅力，诸如"民族风"的审美元素，早已成为时尚界的宠儿。《大鱼海棠》中，我们可以看到许许多多的民间文化，色彩浓烈而鲜艳，印象中有客家土楼、轿子、麻将、旗袍等等，这些元素在影片中出现机率非常高。画面的确非常精细，无可挑剔。

但是，如果说，这些传统元素就是这部电影所谓的"中国风"，那我觉得非常遗憾。为什么？因为美而不结实。缀连起来的一个个场景，犹如珍珠项链上的一粒粒珍珠，再美丽，缺少了那根将它们串联在一起的线，这些美丽的珍珠仍然是散乱的，不成体系的。因此，这些个体元素散发的美被大大减少，而且显得太用力和刻意。

如果中国文化是一棵大树，那无体系的文化元素就如同一片片独立的叶子，光看叶子，美则美矣，却无根基，因此也就显得脆弱和虚空。

如果你说，日本文化的特点即"物哀"，几千年下来都在追逐所谓"片刻的绚烂"，追求"樱花树下埋着尸骸"的美学，日本的电影、漫画也大体以此为审美体系，为什么却呈现出和中国漫画完全不同的坚实风格？

我认为，这是由于日本的作品内部的"体系"。"和风"是我们经常使用的一个词，我们可以马上联想到和服、歌舞伎、茶道等，日本的影视作品中，不论是历史题材的大河剧，还是反映现实生活的现代日剧，其皆有一条血脉源自"日本文化"这棵树，我们看到的这些作品，都是其枝叶。甚至在一些刻意不以日本为背景的作品中，观众仍可以轻易感觉到这种文化的延伸。以动画为例，宫崎骏的许多作品，背景有其他国家，也有神秘的宇宙世界，除了采用的语言是日语，也无太多"和风"的场景和元素，但观众在看这些作品的时候，往往会有一种潜意识的思考："为什么会这样？这是否是日本民族特有的属性？"进而联想到日本文化的根系，这种不以表象为支点的联觉想象，正是最深的文化推广和浸染。作品呈现的元素有国界，而思考无国界，这种深思，则是导演通过画面、主题等电影基本要素呈献给观众的最佳意义，也是一部作品的精髓，这种思考在情感上的普遍表现形式，则是国人经常说到的"情怀"。

而说到"中国风"，会想到什么？汉服、旗袍、中国菜、土家楼……是不是觉得想到的东西太多，而无法一一说出来？中国风，的确由于其博大精深而内蕴庞大，看似冗杂，却是一个由无数元素构成的完整的体系，而这个体系内的每一个物品，每一个细节，皆是这种文化体系的表现。但是如果反过来思考，能否就可以说，这代表了中国文化体系的内蕴？答案是"否"。

不论日本文化与中国文化的区别，源头孰轻孰重，不是轻的就必定浮躁，重的就未必扎实。木心说日本文化太轻，是说它的表现形式，一个千年追求"物哀"和"风雅"的文化体系，在表现上的确是偏向于细腻轻柔，但绝不浮躁，它的发展历程才是最为坚固的存在。而中国文化，不论是中原的文化还是其他少数民族的文化，皆是源于生活，正所谓扎扎实实，扎根于土壤。以我生活的江南地区为例，说到江南文化，想到的是戴望舒《雨巷》里幽怨的姑娘，是苏州园林的移步换景，是傍水而居的雅致。但身为一个苏州人，我要指正的是，这些东西正是旁观者眼中的"当地文化"，实际上的江南人，生活绝非只由这些构成，而更类似于一种思想，日常生活中的方方面面，皆被这种思想所牵制着，那么所作所为，在外人眼里便呈现出不同的风貌。民间文化如此，中国的贵族文化更是如此，表面上轻而淡，似乎没有根基，却就像是金字塔的顶端，无下面多层的支撑，如何撑得起来最顶部的一小片天。这正是中国文化和日本文化"轻重问题"在根本上的不同。

经常听到诸如"国内作品太过浮躁，对于文化的思考不深"等评论，我觉得太过模糊和苛刻，为何现在很多中国漫画形式上非常美，看得出下了大工夫，也很精细，但电影的整体感受却依旧没有太大变化呢？不是国人不反思，而是反思的方向不对，路子走偏了。如同磨刀，一味地磨刀背则于事无补。《大鱼海棠》，就恰似现阶段国人对"中国风"的理解——犹如悬浮在半空中的金字塔尖，美则美矣，却无根基。以中国风为主要表现手段，以中国风为宣传，却输在了影片内在的文化底蕴，而这，恰是评判一部电影是否是好电影的基础。

所以啊，由小见大，重要的是小现象背后的厚实的文化。私以为，这才是对于"中国风"的合理理解方向。

哀莫过于心死

——东野圭吾《秘密》

在东野圭吾繁星般的作品中，《秘密》这部小说显得有些冷清。我在前天看完了《秘密》的电视剧，昨天看完了东野圭吾的原著，被这个故事牵挂了两天，心接连碎了两次。

写悲伤的小说很多，有些小说极尽所能刻画了遭遇人生挫折后的悲伤，但这并不是完全的黑暗，这种悲伤，是在和人说起时可以咬牙切齿骂"就是那个混蛋，我要他不得好死"的情绪，人还有可埋怨可愤恨的对象，不论对方是人还是世界。

而还有些小说不仅仅极致地刻画悲伤，还极致渲染了绝望。因为没有可埋怨可发泄的对象，一切都是由于自身或是变化莫测的命运——那这又能埋怨谁呢？什么都没有。这就不是简单的悲伤或是绝望，而是悲哀。这种悲哀无形柔软，不给人任何的光明和希望。太宰治的作品就有这样真诚的悲哀，这位一生都在追寻着如何死去的作家，多次自杀未遂。没有原因，没有道理，也不存在希望和光明——"我本想这个冬日就去死的，可最近拿到一套鼠灰色细条纹的麻质和服，是适合夏天穿的和服，所以我还是先活到夏天吧。"

庄子有言，哀莫过于心死。而比心死还要悲哀的，是心死了一半。

东野圭吾《秘密》便是这样的一个故事。我甚至觉得，这是东野圭吾最残忍的小说，与这本书比起来，不管是《白夜行》的唐泽雪穗，还是《幻夜》的新海美冬，她们的悲伤痛苦都可以转化成残忍，用这把利刃去伤害这个不公的世界，她们的复仇都显得有因果，而《秘密》中，悲伤没有目标，没有方向，甚至还是一种庆幸。他们唯有深深沉浸在无边的悲哀中，试图找突破口，却永远没有答案。

小说情节不算复杂。四十岁的平介过着平淡的生活，直到一天，妻子直子和女儿藻奈美在旅途中遇到车祸，大巴翻下山崖，直子身负重伤最终去世，而藻奈美被母亲紧紧抱着而逃过一死，但身体重伤，陷入昏迷。

但是，当藻奈美醒来后，有着女儿身体样貌的人已不是藻奈美，而是妻子直子。直子的灵魂住到了本该沉睡不醒的藻奈美的身体里。

平介深深爱着妻子，他没有取下结婚戒指，而有着藻奈美身体的直子也默契地把婚戒缝进了小熊挂饰中，天天不离身。平介觉得自己并没有完全失去直子，心理得到了些许安慰，但这个人，到底是妻子，还是女儿？他们以后的生活，又该如何相处？

一开始，他们试着在外是父女，在家是夫妻，直子也努力学着六年级女儿的言行并努力学习。随着时间的流逝，直子在逐渐适应这具身体后，思想发生了变化——她要完成藻奈美的理想，即做一个独立自主的女性。在直子上了高中后，平介察觉到直子的变化，她和在学校网球部认识的男生交往，令平介痛苦不已，他觉得自己正在逐渐失去直子，痛苦之下他偷看了直子的日记，甚至在房间安装窃听器。而直子和男同学在圣诞节前夜约会这件事让平介彻底愤怒了，他无法相信妻子所说的只是朋友关系，他粗暴地打破了他们的约会，在那个不甘心的男孩子质问为什么时，平介只是说"因为我们和你，不是一个世界的人"。

直子和平介之间的关系，一直是他们在回避的问题，由于不可调节，这个矛盾到了不得不面对的时刻。

看着从未试图背叛自己的丈夫，直子陷入了迷茫，她不再流泪，而是陷入了长久的沉默——她也深爱着丈夫，也正因为如此，她需要思考如何拯救他。

然而一切都是无解，不管用何种方式，作为夫妻或父女，他们都不能完全适应，而有名无实的夫妻关系也让他们都陷入了深深的悲哀。

与此同时，随着平介对逝世的肇事司机的调查，知道了他玩命上班是为了寄钱给远方的前妻和儿子，但那个男孩文也，并不是司机的亲生儿子。司机的前妻在和平介见面时，说了司机生前说过的一句话："爱一个人，就是要让他幸福，不管他是不是我的孩子。"

这句话点醒了平介，他终于愿意放手，让直子作为女儿藻奈美生活。而奇迹也在这一瞬间发生——藻奈美的灵魂回来了，她困惑不解地问平介为何会在此地，平介在兴奋和担忧中接受了"藻奈美的身心已经回来"这个事情。从此以后，藻奈美和直子的灵魂通过睡眠时不时地转换，但直子存在的时间越来越短，最终的那一天，直子要求平介带她去他们第一次约会的山下公园，在那里，直子慢慢合上眼——藻奈美回来了，而直子彻底消失了。

命运将他们的分别之日从车祸那天硬生生延迟到了这一天，平介觉得悲伤和解脱，他拥抱着因母亲离去而嚎啕大哭着的藻奈美，平静地接受了这个事实。

书页翻过去，已是八年后，藻奈美和文也的婚礼当日。平介在婚礼前去了一趟钟表店，却被店主无意间透露了一个无法理解的消息：藻奈美前几天带着直子的婚戒来过这里，要求用母亲的婚戒重塑自己的婚戒。

女儿怎么会知道那枚缝在小熊挂饰中的婚戒？那不是他和直子之间的秘密吗？

一瞬间，平介突然醒悟过来这个惊天的秘密：她自始自终都是直子！在山下公园嚎啕大哭的藻奈美，其实是在哭她自己的离去啊！

平介痛苦地冲进了婚礼的新娘更衣室，当和身穿洁白婚纱的"女儿"四目相对的一瞬间，他们都明白了这个秘密。平介忽然意识到，只要她不承认，她就一直是藻奈美，命运又能怎么样呢？她叫他爸爸，感谢他这么多年的照顾。

这一次，她真的要离开他了。

平介接受了命运，为了守护他们之间的秘密，他什么都没有说。

但看着年轻的文也，平介还是没忍住揪心的疼痛，他注视着这个即将要带走直子的男人说，我要揍你两拳，一拳是因为你抢走我的女儿，另一拳……是为了另一个人。"平介握紧了拳头，但是，在出拳之前早已热泪盈眶。他跌坐在地上，用手捂着脸，声嘶力竭地哭了起来……"这是小说戛然而止的结尾，我也在看到电视剧和原著的结尾时泪流满面。

这真是东野圭吾最残忍的小说，残忍到没有复仇的机会。

我在读到一半的时候觉得直子自私，不够为平介考虑，但全文看完后觉得直子的做法恰是深爱平介的表现，她对自己，有多么残忍啊，也只有爱，才会使她做出这样的决定，为了拯救平介，选择了让曾经的自己死去。

《琅琊榜》中，林殊选择经历撕心裂肺的疼痛，终于浴火重生成为了梅长苏，但他有一个信念，即洗清那些冤屈的灵魂，还他们一个清白。也只有这样强大信念的支撑，才使梅长苏受住了无尽的艰辛。可是直子，她是为了爱。信念于她，并不用说得那么隆重，她比梅长苏孤独多了，甚至比平介都要孤独，没有人可以诉说，没有一刻可以轻松，唯有默默演着，演了八年。

命运要这样，人能怎么样呢？

在其他作家笔下，大概死亡是唯一的出路了。但东野圭吾提供了另外一种方法，即不惜牺牲自己来维护心爱之人看到的假象。

这是日本文学中少见的伪装，从谷崎润一郎到渡边淳一，无一不在宣扬想要永恒就唯有死亡，这样两人都可以得到解脱，这也是最真诚的态度。而东野圭吾知道，比死亡更残忍的是带着记忆活着，而且为了爱，默默守护着秘密。

甚至让我想到孔子所说的"杀身成仁"。

《秘密》这部小说写于1998年，东野本人与结婚14年的妻子离婚。想必是对婚姻和人生有了更深的理解，对"爱"也有了别样的体会，"爱一个人，就要让他幸福。"借书中人所言，东野说出了自己对极致的爱的理解——有时候，放手也是深爱的一种。有别于日本传统对爱的理解，东野似乎认为，死是多么容易的事情啊，但生是不容易的，可是为了爱，一定要生存下去，这就是生的悲哀，也是爱的超脱。

纵观东野圭吾的创作年表，会发现20世纪90年代恰是他写作风格的一个转变期。在此之前东野主要写推理小说，也写一些描写人性的小说，从90年代开始，东野的笔头开始将二者杂糅在一起，最终产生了《白夜行》这样既有

推理也有人性的 "无冕之王"。 平心而论， 单纯论推理小说， 东野虽然才思敏捷， 但在日本作家中算不上顶尖， 而论人性描写， 吉光片羽地以情节隐晦暗示， 只能算是奇巧。 但东野是有智慧的， 他深知仅凭变幻莫测的推理和分析，写出的小说只能是聪明之作， 而唯有人性， 才是使作品可以流传的因素。 所以后来他的作品心理描写缺乏和以细节代描写使其充满了画面感， 而推理加人性的组合则是专属东野个人的特色。

　　但随着作品的畅销和走红， 很多的缺点也逐渐暴露， 如情节具有重复性，过于商业化或是总喜欢用一男一女线条叙事等等， 让我怀念起东野曾经那些较为纯粹的作品， 其中我最喜欢的是有关人性的小说， 这其中， 我又最爱 《秘密》。

懂得与慈悲

——东野圭吾《红手指》

　　东野圭吾的小说大体分为 "极尽所能解开谜团的推理小说" 和 "以推理为障目实则抒写人性" 两种。 前者吸引的读者更多， 而后者则细思更觉有味。《红楼梦》 里薛宝钗说林黛玉 "昨儿那些笑话儿虽然可笑， 回想是没味的。 你们细想颦儿这几句话虽是淡的， 回想却有滋味。 我倒笑的动不得了"。 以 "回想有滋味" 作为评价标准最是苛刻， 因为要经得起琢磨， 若是单纯以技巧出彩则无法取胜。 东野圭吾显然深谙此道， 早期经历了 "到底写推理小说还是人性小说" 的迷茫后， 随着写作的成熟逐渐将两者以不同的比例糅合起来， 如同成长的厨师， 渐渐学会拿捏分寸， 最终变得游刃有余。

　　今天看了属于 "实写人性" 的 《红手指》， 此书笔法纯熟， 一口气看下来极顺， 推理成分与人性描写所占比例为三七， 干净利落， 猜测定是 21 世纪以后的作品， 一查果然是创作于 2005 年。 东野在上世纪末， 尝试着将推理与人性结合的初期阶段作品， 如今看起来有些已经成为经典， 如最负盛名的 《白夜行》， 不能纯粹划为两者中的哪一类， 而是互相渗透， 呈现出一种参差的质感。 我起初以为这是东野在深思后选择的创作风格， 但在读了几本后期作品后我认为， 东野圭吾在糅合两者的路上走得越来越顺， 因此后期的作品才是成熟之作， 但后期作品我们很容易看出这是偏推理还是偏人性， 干净利落， 绝非杂糅渗透式写法。所以《白夜行》还是属于实验性作品，当然由于故事本身的特殊性和复杂性，采用此种写法是最佳，对于一些两种类型作品都想接触的读者来说，此类作品未尝不是接受度最高的。

《红手指》一开始就已经揭示凶手，而在警方破案的过程中虽然也涉及推理，并且在文末也起到丰满人物形象的作用，但鉴于读者对凶手已了然于胸，故此书中的推理描写是东野不得不添加以显示个人风格的做法。

中年男子昭夫一天回家时，发现在读初中的儿子掐死了一名七岁女童，弃尸于庭院，极度溺爱儿子的妻子八重子坚决反对昭夫报警，昭夫屈服于淫威，深夜处理了女童的尸体，并和全家人计划编谎言骗过警察。在以松宫警察和加贺警察为代表的警方力量越来越接近真相时，昭夫一家觉得已经瞒不住了，他们决定背水一战——将莫须有的罪名推给身患老年痴呆的母亲政惠。为了保住儿子和自己的未来，他们将无辜的老母亲做了替罪羊。而机警却沉默的加贺警察已经察觉了这一切，却没有选择立刻拆穿他们的谎言，而是决定选择"这个家里有隐瞒的真相，必须在家里让他们自己说出来"。

同时，故事的另一条线是加贺与父亲。在松宫眼里，不愿去探望身患癌症时日无多父亲的加贺如同丧失了良心，加贺父亲在医院百无聊赖，唯有和查房的护士缓慢地下棋为乐。

上门带人的那一天终于来了，加贺警察还带来了昭夫的妹妹春美。加贺静静地问昭夫："你真的愿意吗？"又通过翻看旧相册，拿出勾起昭夫回忆的拐杖等来刺激昭夫，最后昭夫终于忍耐不住，跪在地上承认了"拿母亲顶罪"的事实。

但故事并没有结束，在向昭夫分析的过程中，加贺揭开了一个惊天的秘密——用来证明母亲清白的那支口红是母亲授意给她的！也就是说，被认为身患老年痴呆的母亲政惠，其实，是在装病！而政惠装病的理由，书中没有确切说明，或许，这和政惠的丈夫生前也身患老年痴呆有关：照顾他很麻烦，有时候希望他快点死去，但又觉得这个念头非常罪恶，同时，和儿媳妇八重子关系的恶劣也使政惠觉得烦心。装病的选择，或许是源自愧疚，或许是源自机心，又或许，只是单纯像加贺警察说的那样：

"越是老年人，或者说正是因为老年人，内心常常会有不可平复的伤痕，治疗的方法有许多，周围的人不能理解。所以我觉得，重要的不是理解，而是尊重。"

加贺警察对老年人的思考竟如此细致，让松宫不禁好奇，而知道缘由后，这种好奇就变成了钦佩——原来，加贺始终不去看重病的父亲并非因为绝情，而是他们之间的约定，加贺的父亲由于愧对母亲而坚持决定孤单地死去。而百无聊赖地一直在磁力棋盘上和护士下的棋，也是通过遥控操作的加贺所为。

这本薄薄的小说，对社会的观察却极其冷静细致——在这个老龄化严重、家庭关系冷淡的社会，如何处理老年人内心的创伤，如何直面人的良心，以及在日本始终争议声不断的未成年人犯罪行为，该如何定义？答案是无解。但视线所及能关注到这些问题，已显现出东野圭吾的敏锐、冷静与慈悲。

张爱玲有句名言："因为懂得，所以慈悲。"我在看完此书后这句话常涌现在脑海。加贺正是由于和父亲的关系，懂得老年人在经历创伤后无法排遣的心情，也深深明白自己作为儿子是"最熟悉的陌生人"，这个处境和昭夫是有类似之处的，也正是因为懂得，所以加贺没有直接拆穿昭夫拿母亲顶罪的谎言，而是选择给了昭夫机会，不停地引起回忆，不停地感化，甚至最后不得不上演的一场戏也实属无奈，换句话说，加贺和政惠所做的的确是文中所说的"世界上没有哪个母亲会把自己的儿子送入罗网，她是为了让你回头"。最终让昭夫在良心的驱使下痛哭流涕地承认了罪行，这真是一种慈悲，这是唯有感同身受的懂得才会产生的慈悲，也正是因为慈悲，才会给予昭夫茫茫苦海中回头的机会。

此外，《红手指》一书的人物刻画非常好，较之东野圭吾其他作品，此书的人物丰满得让我惊讶。语言描写和细节描写相得益彰，来表现这罪恶而再普通不过的一家人：懦弱的昭夫，神经质的八重子，麻木的儿子，以及悲痛却试图挽救儿子的政惠。除了政惠的描写多通过侧面，其他人的形象多通过对话来正面描写，在他们下了一个又一个决定后，不同的心理描写，不同的语气，以及越来越神经质和麻木的良心被展现得淋漓尽致。看书时极其讨厌八重子，对儿子无止尽的溺爱、对良心毫无原则的玷污，以及喋喋不休始终欺压昭夫的形象极为鲜活，甚至闭上眼就可以脑补出一个如同鲁迅小说里 "圆规" 那样的泼蛮的中年妇女形象来。

加贺作为外人，对政惠的心思猜得格外细致，而作为儿子的昭夫则如同行尸走肉，不仅无力协调好政惠与八重子的婆媳关系，更是对八重子言听计从，无法违拗。而昭夫和妻子之间的感情好吗？并不是，他们结婚就是因为 "没什么不合适"，婚后虽然是一家人，思想上却支离破碎，无法互相理解互相体谅，彼此都自私得可怕，在溺爱放纵儿子这方面的相似恐怕是这对夫妻唯一的交集。八重子对婆婆政惠的厌弃冷淡也深深影响了儿子，这个冷漠麻木的男孩还是未成年人，平时沉迷游戏不跟父母交流，然而在失手掐死人之后却束手无策，只是选择逃避，把一切的责任推给父母和奶奶。这貌合神离的一家人，看似神经质，却是现实生活的升华版——我们无法否认，随着社会的发展，亲情观念越来越淡薄，家庭这个单位，给人的责任感和束缚远没有过去那么强了，而在这个让人心碎的故事下，究竟该如何平衡亲情呢？仍旧是复杂而无解。

故事的双线结构很明朗，这家人是明线，加贺与父亲是暗线，暗线用来补充解释明线，虽相似度高而不显雕琢，非常自然。

如果非要鸡蛋里挑骨头说此书有什么遗憾，那就是结尾处有些壅塞，在揭示加贺与父亲之间冷淡缘由时，由于一下子透露的线索过多而显得过于用力，父母经历、棋、童年回忆诸多线索的展开，似乎急不可耐地想推翻之前加贺给读者留下的印象，因此有些刻意取奇的意味。当然，并不是说东野的笔法不成熟，比起好坏，笔法更重视适合与否，就这个节奏快、冲突大、戏剧性强的故事而言，用这样的情节来结尾并不算出格。

春日画说

　　"春天不是读书天"，的确，原先冬天的时候总有错觉，觉得天气和暖之时，随手脚一起解冻的定还有思维，但真到了三月春季，别说思绪复苏，就连克服困意也成了头等大事，咖啡浓茶通通上阵也抵不过，常常就在日光照着的时候盹着了，迷迷糊糊眼前金光闪闪一片，讲台上的声音变得极遥远。

　　最近实在是"春懒"得厉害，写文章常常到一半儿便遇到瓶颈期，搁笔写其他的，许久之后才重新捡起烂摊子。好不容易写完一篇，又是全篇都懒怠读，更别说改了，文件夹里零零碎碎的文章片段更是不收拾，只顾自己看看书或是睡觉去。春天的开头就是这样绵软得直教人举手投降，也让人心惊。

　　最近重读胡兰成《今生今世》，前部分写早年乡间生活的部分是我最爱的，各章题目也妙极，"韶华盛极"写童年，"有凤来仪"写婆亲，我百读不厌，喜极了字里行间清秀的乡土气，就好比春雨后的草地，青草香下，温润得一个脚印踩上去都要"滋"一声吐出暖意来。书中一开头就写的是春，至今我想到《今生今世》此书，脑海里便浮现出桃花、养蚕，还有"正月里棒香"这样亲切的场景来，胡兰成是浙江人，方言与苏州相近，书中提到很多童谣，像"一颗星，格愣登"之类，我依稀记得外婆也念过，只不过我记性差，不曾记得全。谈家乡风俗，谈童年趣事，谈婆亲事宜等等，我都非常喜欢。 但书的后半部分就不喜欢， 不论是记述和张爱玲的回忆， 或是政治上生活上遇到的江山大改， 还有去日本后的经历， 通通不喜。 这本书从初中时就开始读， 到现在看的次数也多了， 一开始怀着偷窥狂的心态读这些人事经历， 现在看反是觉得非常不耐烦， 虽不至于像亦舒评价的 "下作不堪"， 读的时候也觉得实在是人和文到底有差距。 我私心极喜欢前半部分文字的贞亲， 所以不愿细读后面的情节， 想来也有 "不以人废文" 的心思在里面。

曹文轩最近在国际上获了奖， 看到新闻我非常感慨， 觉得实至名归。 小时候爱看曹文轩的小说， 从 《青铜葵花》 到 《草房子》， 书中的乡村世界极为迷人。 而我现在重温， 仍会有不同的感受， 这便是高妙之处了。 但我记得小时候看完曹文轩的小说总会有一段时间的消沉， 或许因为书中的愁绪和暗流涌动， 不同于安徒生童话。 安徒生的童话是老少皆宜， 小孩子看出表意， 大人则可以深思， 而曹先生的作品多是直写， 某些情节和事件， 对于太小的孩子来说未免有些太过残忍。 我小时候最喜欢的是 《青铜葵花》， 赶紧找时间拿出来重温一遍， 比小时候多了一些感受。 文风是我偏爱的将散文和诗歌意境入小说， 有点像沈从文和汪曾祺的小说， 风景描写清丽纯粹， 非常美。 人物刻画方面则稍失偏颇， 就是青铜和葵花这两个主要人物， 塑造也较为模糊单一， 性格的单纯和善良反倒看起来过于简单， 缺少生动的灵气。 人物交谈时， 内心活动和散文化的解释过多， 如同电影加了太多的旁白。 对话描写有沈、 汪两位前辈的风格， 多用短句， 语言质朴， 符合人物的性格。 不足之处则是青铜和葵花两个孩子显出的童真和善良较为淡薄， 可对比汪曾祺 《受戒》 中明子和小英子划船时的对话， 相比之下就更加灵动， 语言不多但人物呼之欲出， 也更贴近人物形象。

本来是想对这段时间一直没有写文章做个自我安慰， 没想到啰啰嗦嗦又谈了那么多， 辩解之余还谈了谈最近看的书， 也亏得如今打字方便， 想到什么就可以即刻打出来， 不那么郑重其事， 这样的啰嗦闲谈到底可以当作闲话么？ 也罢， 既然名字里有画， 就当是 "画说" 吧， 原本 "话说" 的意思就是古时候说书者的开场白， 胡乱说说的成分多些的。

称为奇迹的微光

我们是不足以

谈谈九月末看的最后一部电影，有关救赎，有关爱。

我有位卖安利卖得极好的朋友 H，在看了《你的名字》后高呼"音乐太好了！谁给我唱主题曲《前前前世》我就嫁给他！"并强力向我推荐了摇滚乐队 RADWIMPS 及其主唱野田洋次郎，我也是由此了解到了这位鼎鼎大名的"主唱大人"。

入坑曲 GASSHOW，是日本大地震后为死去的人民祈祷冥魂的镇魂曲。在未看介绍之前就已被旋律吸引，在知道是镇魂曲后很惊讶，然后就是钦佩——如此别样的镇魂曲，歌词亦极妙，绝非单纯的哀悼死者，还包含着对生者的安慰和希望。

野田洋次郎是一位极有才华的音乐人，不仅作曲，作词水平更是棒，据说他的四张专辑都是写给他喜欢的一个女生。歌词贵在"性灵"，直白而真诚，我从未想到过摇滚音乐中的爱情也可以这样温柔到让人猝不及防。

所以在疯狂地听了两天一夜后我被圈粉了。于是我去看了洋次郎主演的第一部电影《卫生间的圣母像》。这是一部标准的日式文艺片，特有的缓慢节奏和细腻视角，讲述的故事情节很简单：很有绘画天赋却从事着擦窗户职业的男主园田，在身患癌症后对生活更加无望，他消极地过着日子，由内而外散发着颓

废的气息。 直到遇见了一个问题少女， 性格暴烈的她生活得并不好， 她第一次
见到园田， 就说： 不如我们去死吧。 当然两个人没有去死， 反而心灵靠近了
不少。 麻木的园田生活得如同行尸走肉， 甚至医生告诉他癌细胞已经转移， 他
还是一脸的僵硬。 然而和少女一起玩的时候他是快乐的， 被生活压抑得求死不
得的少女， 甚至嫉妒园田可以去死， 她说： "我最近拼命地奔跑了一次， 也摔
倒了， 本以为这么拼命地奔跑肯定会死， 真的超级超级超级难受， 但是没死
成， 你知道吗， 人是没那么容易死的。" 她对不愿认清现实而浑噩度日的园田
非常愤怒， 在游泳池中扇了他好几个巴掌后， 少女亲吻了园田， 说： "不行，
你不能死， 我都还活着， 你也给我活下去啊！" 园田的心被触动了， 生命的最
后， 他在居住小屋的卫生间内画了圣母像——以少女的容颜。 而他自己， 睡在
圣母的臂弯中。

　　日本有特有的 "卫生间文化"， 不像其他文化认为厕所是藏污纳垢的地
方， 日本人认为厕所有 "厕所之神"， 是得到净化和升华的地方。 所以这也不
难理解为何园田要将生命之光画在厕所里， 因为在他的心里， 给予他无私的爱
和救赎的圣母， 是那个小小的、 性格暴烈的少女。

　　这部电影讲的是救赎， 是两颗孤独的心互相的救赎——求生不得和求死不能
的两个人， 在靠近后发现了对方的光芒， 但是现实不是童话， 救赎是极有风险
的， 并不是所有的救赎都像 《情书》 中的博子那样最终获得了解脱和释然，
在生和死、 天堂和地狱之间的救赎是一种伟大的修行， 更像是 《梦旅人》 中
的患有精神病的可可和小悟， 一个人用死来解脱后， 必然会留一个人独自在世
间继续承受， 依然是痛苦， 依然是无路可走。 园田去世后， 空留少女一人孤
单地行走在凌晨的大街上， 看着夜色朦胧。

　　救赎这个题材， 在电影中往往用人性之光来表现。 这让我想起另外的一部
电影， 大岛渚的 《圣诞快乐劳伦斯先生》。 这部意在反战的电影中， 当恼羞成
怒失去理性的军官世野井挥起军刀， 试图砍向一个英国战俘时， 同样是战俘的
杰克毫不胆怯地走向前， 在世野井脸颊上重重一吻， 将即将失去人性的世井野
拉回人间， 也救赎了他。 这一吻， 尽显人性之光。

　　在我看来， 《卫生间的圣母像》 中园田和少女之吻和 《圣诞快乐劳伦斯先

生》中的吻有异曲同工之妙，同样是为了救赎罪孽深重的彼此，为了唤醒人性，唤醒对生的珍视。他们吻得那么深情，那么让人动容，都是源自于这大爱。同时我也认为将这个吻定义成简单的爱情之吻是有失偏颇的，大爱无关性别和高低贵贱，也唯有这无杂念的大爱，才能救赎尘世混沌中苦苦挣扎的人类。

《卫生间的圣母像》这部电影很像诗，整部电影很少使用背景音乐，这是同类型文艺片中极为少见的，我们都知道，背景音乐对情感有推进和阐释的作用，而这部电影中，我们听到的更多的是大自然的声音——乡间的蝉鸣鸟叫，和流水潺潺声。电影中很多片段宛如灵光一现，让人动容。如在烈日下独自哼唱着一首本该欢快的歌曲的园田，哼着哼着就泪流满面，他终于明白生命是如此的珍贵，而等待他的却是失去。

另一个片段是园田和少女之间的情节，也是我认为电影最美的片段。二人去集市买金鱼，少女爬进校园将金鱼全部放进了泳池，并跳进水中追着金鱼尽情游着，在一旁看着的园田露出了久违的笑容。在那一刻，生死的痛苦离他们而去，只剩下自由和孩童般的天真。

《卫生间的圣母像》是近一个月来我印象最深的电影之一，一开始是抱着"看看野田洋次郎演电影是什么样子"来看的，最后却被电影深刻的主旨所震撼，于我而言宛如飞来横财。饰演园田的野田洋次郎的确很适合演病人，因为自带的颓废迷茫气质，加上极为消瘦的身材，演技作为第一部出演电影的新人来说不错，而饰演少女的杉咲花是 1997 年出生的，青春自是一种骄傲的姿态，加上小姑娘年纪不大却演艺经历丰富，且还有大竹忍等老戏骨的友情出演，使得电影呈现出非常自然而美好的状态。

最后推荐一下片尾曲ビクニック吧，自然是由主演野田洋次郎操刀，整部电影极少音乐，在最后音乐出来时甚至有一种微眩的失重感，洋次郎特有的清澈少年感的声音似乎是从灵魂深处来的，歌词翻译成中文后简单直白，却有一种直指人心的力量：

伫立在今生最后一夏的入口

脖颈上垂挂的匕首蓝色的魂魄
扩大的瞳孔睥睨这个世界却只收尽浩荡无尽的碧蓝
从未和睦相处过 "每一天"
却突如其来就要永别
并非情愿被抛弃的我又让你在一旁嘲笑
我一直都在距离希望最远的地方等待
就像不曾有人涉足过的苍白雪地
……
第一次狠狠抓住这个世界的衣袖
即使被百般抖落我依旧用力抓住
我们是不足以称为奇迹的微光
……

谈
治
愈
系
电
影

　　就像书一样，电影近些年商业化趋势增大，我完全不反对适当的商业化，但若是像最近那样夸张到演员片酬达到电影预算的一大半则是本末倒置，且这种机制下的市场根本是恶性循环，所以近些年，影坛要找好电影无异于"矮子里拔高个"，既然如此观众又为何要迁就呢？抛开时间、画质、特效技术等表面化的东西，过去那些"不算新"的电影真是个大宝库。

一、《丈夫得了抑郁症》

　　这部电影从第一次看到现在，陆陆续续已经看了不下七八遍。在我觉得生活压力大或低落情绪无可排解时，就会找出这部电影来细细看，这部电影不属于励志类型，也不是色彩浓烈的喜剧片，但是却很能给我力量和勇气。

　　电影剧情简单，在公司做普通职员的丈夫和画漫画的妻子生活平淡，丈夫在工作上压力很大，妻子画的漫画则不被出版社看好。而这样的生活被丈夫确诊得了抑郁症而打破，一年多的康复期中，妻子不断地照顾帮助丈夫，两个人在这一过程中心也更近了。妻子在这一过程中发现了自己作为漫画家真正想画的东西——生活，以丈夫抑郁症期间生活为主题的漫画一经发表就受到了巨大欢迎。

这个故事寻常到就像是在身边发生的一般，实际上也的确是根据真人真事改编的。电影诠释了"相濡以沫"这个词，没有轰轰烈烈的故事，没有爱恨分明的情感，而是生活中无数细小的片段，两个不完美的人相扶着走下去，勇敢地拥抱明天，这是最让我动容的。电影中妻子的台词"我决定不努力了，不管怎么困难，也不努力"，表面上消极，实则是对抑郁症丈夫的规劝：日子安稳平淡是最珍贵的，一切顺其自然才是最好的。

　　生活对每个人都是残酷的，它推着我们不断努力不断超越自我，去适应世俗这一套残忍的金字塔规则，所谓弱肉强食莫过于此。以此为题的励志作品更是层出不穷，我已经受够了各类成功学和自我勉励的书籍电影，而《丈夫得了抑郁症》这部电影则提供了另一种宽慰的方式——在人低落的时候，想哭就哭出来，每个人都有柔弱的时刻，家人的存在，不就是在这种时刻紧紧陪伴着对方吗？电影最后，妻子说她重新认识了婚礼誓词中的"我愿意他成为我的丈夫，从今天开始相互拥有、相互扶持，无论是好是坏、富裕或贫穷、疾病还是健康都彼此相爱、珍惜，直到死亡才能将我们分开"，作为观众，我想也会有新的认识。

　　电影由堺雅人和宫崎葵主演，是两位演员继大河剧《笃姬》后的再次合作，我非常喜欢这一对CP（假想情侣），这一次，他们终于牵着手在一起了。电影叙事节奏缓慢，背景音乐是亮点，来自德彪西和李斯特。日本人对二人的音乐有极深的偏爱，这部电影音乐和剧情极为贴合，我个人最喜欢下雪时丈夫在庭院中旋转这一幕，配的是著名的《爱之梦》。

二、《白兔糖》

　　这是一部漫改电影，剧情同样非常简单：去乡下参加外公葬礼的大吉遇见了外祖父六岁的私生女凛，凛孤独而忧郁，在大家都不愿意抚养这个小女孩的情况下，大吉选择了带凛回东京，故事就在这二人之间展开。

　　一开始觉得电影里的人物关系混乱，比如六岁的凛是外公的私生女，也就是大吉的小姨，后来才知道外公是为了保护凛才谎称是自己的私生女，所以凛在六岁以前唯一可以依靠的就是外公，随着外公的离世，凛失去了依靠，变得忧郁孤独，而在心理上"无法爱人"的大吉也因为收养了这个小女孩而变得细腻和柔情。电影没有明确的结局，但对凛的笑容有多次特写，或许这就是导演的用心——还有什么比让孩子变快乐更重要的呢？

在常人眼里，这是一群残缺的人：忧郁的孤女凛，粗线条的大吉，相依为命的由香里和儿子幸树。而就是这些"不完美"的人，在相遇后互相填补着对方的空缺，最终让世界都变得温暖起来。

原作漫画的结局是凛嫁给了大吉，由于电影受众面广，大众不可能接受这样的结局，所以做了一些改动，但是在情感的拿捏上还是非常精准，如大吉问凛是否愿意改姓成为他的养女，但凛拒绝了，而且自始自终对大吉直呼其名，说明凛对大吉并非简单的父亲情感，而更像是《源氏物语》中小时候的紫姬对源氏与众不同的依靠心理，这就为结局保留了悬念。

本片的亮点在于演员，芦田爱菜和松山健一的奇妙搭配。芦田爱菜被誉为日本的"天才儿童演员"，看完电影后觉得这个称号绝非浪得虚名，演技成熟得可怕，她是个天生的演员，那时只有六岁的爱菜在饰演凛时，眉梢眼角的忧伤和孤寂都体会得格外精准。松山健一一改《死亡笔记》中神经质的L形象，饰演起了善良纯粹的大吉，非常帅气，非常温暖。

三、《阳光小美女》

这是一部美国电影，电影围绕一个小女孩展开，胡弗斯一家都是"怪人"，彼此之间也争吵不断，但当七岁的小姑娘奥利弗想去参加"阳光小美女"的选美比赛时，大家觉得没有什么比实现她的梦想更重要的了，于是一家人启程去加州参加比赛。一路上他们遇到了各种各样稀奇古怪的事情，悲伤和欢乐交替进行，最后当小姑娘站在选美大赛的舞台上时，这一家人克服了自身的缺点，变得更加团结勇敢。

每个人都有缺陷，但当他们面对一个追求时，互相扶持着向前进就成了目标和动力——看上去和上一部《白兔糖》很相似，实际上对比这两部电影，就会发现中西方对于"温暖"一词的理解区别：东方更趋向于个人，西方则更趋向于家庭；且对于爱的表现，东方更像"接受缺点"，而西方则像"改变缺点"。值得一提的是，不论是哪一种，都是爱的表现形式，绝不存在高下之分。以自身固有的价值观套入电影，忽视文化差异，并以此作为拒绝或批判的理由，我认为算得上是对电影的误解。

剧本非常出彩，剧情紧凑但不复杂，环环相扣，遇到的事情虽然古怪离奇但又顺理成章，每个人物的个性都展现得淋漓尽致。作为喜剧片或是家庭片都非常棒，一路的风景拍摄也颇有公路片的风采。很喜欢小演员布赖斯林。

翻译与观美人

因为无法直接阅读外文书籍，译本就成了通往那个未知世界的渠道，不同的译者自有自己的解读和风格，故如同旧时说书人，故事还是原来的故事，怎么讲就是说书人自身的本事了。说得好的，听众一半为了这故事，一半为了"看他怎么讲的"。严复所谓翻译需做到"信达雅"，"雅"的意思着实难以把握，单纯说是典雅醇厚，又未免太过狭隘，因为文学作品自身风格便是绝非"典雅"这一种，若说是忠于原著，则是"信"的标准。"雅"字莫若理解成"真"，是一本书完整的成体系的风格特色，绝不含糊，体现原作者和译者之间微妙的交流。如今很多著名外国作家都有专门的译者，译者和原作者也颇多交流，这自然很有利于风格和思想的把握，但若是原作者早已不在世，甚至是千年以前的人，那就得看译者自身对文字的感受了，由于古书文字记载多有模糊，若是全按照原文翻译，则今人读来不仅晦涩，还易产生歧义。

翻译闻名的大家，若是读者众多，则自成一派，在初次阅读后就会下意识地再次购买此译者的其他译本，再看其他版本不仅觉得不顺眼，且觉得古怪，"怎么没有那种感觉了"或是"怎么不好看了"？我以前买译者的书若是觉得尚可，则多是成套买，以便系统地感受风格，现在对于较为熟悉的书则多买不同译本看，在心里默默比较。《红楼梦》问世后版本不一，衍文、脱文对整体语境情节的影响， 有心的读者多有感受， 更不用说通过译本来窥探异国作家的感受和心理， 似乎更加艰难， 就连最基础的原作者风格都看不清楚， 译文就如同隔着纱来看， 不同的译文如同厚度花色不同的纱， 多看一些， 多比较， 那面纱里主人的样子， 也大致能感受一二。

最近看了几本不同译者的日本经典名著， 有一些想法， 略说几句。

《源氏物语》 成书于日本平安时代， 距今已千年， 作家濑户内寂听将其译为现代日本语， 便于当代人理解。 而国内通行的 《源氏物语》 版本数不胜数， 从民国时期到现代都有许多的译者涌现。 如今最为人熟知的都是民国时期的版本， 丰子恺和林文月译本。 丰译本最早， 而自小在日租界中成长的台湾人林文月， 以日语为母语， 林译本 《源氏物语》 是独立译本， 并未借鉴过丰本， 这便给后世的阅读者提供了绝佳的比较机会。

丰子恺译本语言平白流利， 行文较为简洁而胜在有古典风味。 虽说将 《源氏物语》 译成中国传统章回体小说受到了不少人的批评， 也有诸如周作人这样翻译大家近乎刻薄的批判： "发现译文极不成， 喜用俗恶成语， 对平安朝文学的空气， 似全无了解。 对于丰子恺氏译源氏， 表示不可信任。" 但丰子恺确乎是奠定了 《源氏物语》 译本的基调， 即将日本传统文学的纤细忧伤与中国传统文学相结合， 不仅从遣词造句上， 连后宫妃子的名字亦多参照中国习惯， 两者结合， 来表现平安时代的 "物哀"。 丰子恺以后的译本， 大致是按照这一路子发展下去， 所以除了独立译作的林文月版本， 其他似乎无甚版本可比较。

林文月译本最大的特点是 "婉丽"， 原书作者紫式部是女性， 林文月以女性视角来感受联想， 从情感上更接近原作。 文字风格也是女性特有的纤细哀婉， 较之丰译本更像是幽居的宫闱美人。 行文精致飘渺， 带着丰译本没有的虚幻梦境之感。 记得有人评价日本文学整体较轻， 源头是平安时代。 《源氏物语》 一书看下来， 每个时期皆写一个人， 先是源氏， 再后是子孙， 而在主人公在世的这一时期内， 则全是围绕他本人。 这便是日本 "私文学" 概念， 反观中国， 即便同样是描写生活的贵族小说 《红楼梦》， 也有多个主人公， 且个个性格各异。 就算是太虚幻境， 也是在说生活， 是扎扎实实的， 我认为这便是中国文化的 "有根性" 了。

《源氏物语》中大量的和歌，是平安时期盛行的男女交往寄托心意的方式。丰译本将和歌以中国古典诗歌的样式来译，便于读者理解，但正是因为这种译法，使得和歌这一独特的文学题材失去了样式，读惯古诗的中国读者看来未免太小家子气而情意不足，形式则大同小异，似乎翻来覆去就这几样意象和心情可以描述。林译本在和歌译法上更是令人不解，多采用楚辞中"兮"这一字，似乎是刻意追求古意和"可歌性"而显得有些勉强。止庵认为日本俳句最好以散文体的形式翻译，尚可体会原作的形式美和自由，和歌若是也以散文体来译，想必别是一种风味。

与《源氏物语》同时代的《枕草子》是随笔集，作者清少纳言也是平安时期宫中的女官，因此文章视角极狭隘，心思极细腻，文中"这是很有意思的"一句出现次数非常多，想来是作者著书以记录日常小事的反映了。我读的有周作人和唐月梅译本，唐月梅这位翻译家，我看的最多的是她翻译的三岛由纪夫系列，多瑰丽浪漫的文风，忽然看到《枕草子》这样短小精美的文章，似乎不太适应。两者比较后才感觉到唐月梅译笔之"丽"，有关雪景的洁白，衣饰颜色的层层叠叠，尽力刻画，非常有画面感。可惜的是唐月梅的缺点也被放大了，即语言的臃肿冗杂，这一缺点在三岛由纪夫作品中尚可以用不厌其烦的景色描写来形成另一种美，而在《枕草子》一书中却被不幸地放大了，因为这短小至几十字或几百字的珠玉小文，确实意境在于性灵，甚至带有一丝狡黠。周作人译本一贯延续其平和冲淡的风格，描写大自然景色极美，如夏夜、雪景等皆简洁灵动，非常耐读。

说到唐月梅这位译者，她成长的年代是民国，语言带有古意，的确称得上"典雅优美"四字。她的译本是我最先接触到的，从她译文下打开看到的那个世界，最初的确是微妙纤细，伤感难言。我最先接触的日本文学以三岛由纪夫为主，三岛的书中看得最多的是"丰饶之海"四部曲，其中最爱的是《春雪》，唐译本细腻精致，行文如流水，最妙的是描绘的女子形象宛若水晶，剔透晶莹，却有着多面的棱角。三岛由纪夫的文笔变幻莫测，《春雪》一书以细腻纯美为主，与唐月梅译笔相当契合。可惜的是从第二部《奔马》开始，三岛由纪夫的文笔改为诡谲奇异，大海波浪的神秘莫测正如三岛本人，在纯净与黑暗之间变幻着。在《春雪》中死去的绝美少年清显经历了三次轮回，成为第二部中狂热追求政治理想的勋，最后在太阳升起时剖腹自杀，第三部的月亮公主更多的是继承了美丽的容颜，那种倔强的灵气似乎不复存在，最后一部中的透成了十足的恶魔。这四世轮回，除了第一世贵族般的纯美精粹，其余皆是如丧火海的窒息之感。而主人公内心的丰沛和执着，也如同海水一般无法测算。这种平静缓慢节奏下的波澜壮阔，是极大的景致，是诡异瑰丽的笔触，这一点，唐月梅译本的表现力和张力不如文洁若译本。文洁若译者的作品我现在只看过"丰饶之海"系列，故不妄下评论。

　　读书如观美人，若是真心爱慕之，则透过面纱来看是远不过瘾的，唯有直面原本方得感受到真谛。所以这些译本也唯有情节可感，而情意和风雅我却不敢擅作评价。

漫

谈

如今我们经常听到 "烂片" 这个词， 一部电影怎样才算 "烂" 呢？ 剧情、 演员、 情景、 音乐等都是电影的主要构成因素， 若是其中一部分很差劲， 那其他部分竭尽全力也只能做到差强人意。 若是像如今很多打着明星加盟头衔的电影， 本身就靠着这个噱头掩盖剧情上的漏洞， 若其演员表演尚且乏善可陈， 又怎样谈电影的艺术呢？ 很多优秀的演员有时也会因为一些原因接拍所谓的有 "大漏洞" 的电影， 那观众就会称其为 "光凭一个×××完全拯救不了的电影"。 显而易见， 这种电影只能昙花一现。

一个演员真的能拯救一部电影吗？ 我最近看了 《阴阳师》 的第一部与第二部， 网上的一则评论认为饰演安倍晴明的野村万斋拯救了这部剧情略显尴尬的魔幻电影。 不得不说， 刚刚看完的时候我的确有认同感， 因为他的表演耀眼到遮住了电影本身在剧情上的瑕疵， 而当这股冲昏头脑的激情冷却后， 再重看 《阴阳师》 就会发现， 整部电影， 除了剧情的确有许多的槽点， 但电影的音乐、 布景、 演员表演等皆可圈可点， 配乐大师梅林茂的音乐堪称一绝， 既沿袭了古典的雅乐， 又包含着现代的神秘元素， 与野村万斋在片尾的狂言独舞相得益彰。 若是没有这多重因素的相持， 恐怕狂言大师也只能在舞蹈中发挥其魅力了， 绝不会使人觉得整部电影一气呵成， 气质天然。 两部 《阴阳师》 结尾部分皆是野村万斋的舞蹈，身着古老的服装，跳着祭祀用的舞蹈——府君祭和天钿女之舞，一个是传统的阴阳师白袍黑帽，一个是巫女装束，其潇洒神秘，不可方物。近年又有日本花样滑冰选手羽生结弦将《阴阳师》的经典音乐改编成自由滑选段，获得了巨大反响。我特地去找了羽生比赛的视频来看，让我感叹的是舞蹈的张力和情感表达的充沛。花样滑冰是现代体育运动，而与日本传统艺术狂言相结合，搭配上宏大神秘的音乐，竟能让不了解的观众亦可体会其美，不得不说艺术是有共通性的，真是让人赞叹不已。

由此我冒昧地下一个结论：艺术作品的成功是由多重因素组成的，有亮点自然生辉，但若是出现大范围短板则爱莫能助。以电影来举例，日本艺术首先追求的是平均，即各方面协调，其次才是如何将这些元素发挥至极致，来突出主体艺术的精美绝伦。换句话说，亮点是作为"锦上添花"的存在，绝非"雪中送炭"。像某些国内电影，靠着一个或几个优秀的演员，或是大投入的背景布置就想创造艺术成功，是不可能的。多方位的欠缺，只能让那亮点显得非常寒酸尴尬，反衬出电影的虚薄和残缺。

东方艺术，以东亚儒教圈的几个国度来说，总是追求含蓄。这种传统来自遥远的《诗经》和儒家文化，讲究"哀而不伤，乐而不淫"，在那个年代，艺术被当作神圣的存在。《左传》中有著名的"季札观乐"，季札在鲁国听到宏大精深的周乐后，凭借其良好的艺术修养和敏捷的感受力，得到了艺术的美的真谛。季札在品评周乐时，也是从音乐、舞蹈、情感等多种方面加以评论。由此可见，音乐和占卜、巫术、舞蹈一起，形成了独具魅力的艺术表现方式，这种集多种因素的艺术，其多面性和整体性与现代艺术是一脉相承的。经过漫长的发展和演化，在中国保存较完好的是戏剧，诸如昆曲、京剧等，表演者脸孔经过浓墨重彩的化妆皆千篇一律，吸引观众就要靠身段及唱腔等，其精气神可谓之"气质"。日本的能剧、狂言、艺伎表演，也是同理。日本的艺术世家讲究传承，子承父业，从小就需练习。野村万斋作为狂言师二世野村万作与诗人阪本若叶子之长子，狂言师六世野村万藏之孙，身上担负着传承艺术的沉重的担子。看采访有一句话令人印象深刻，大意是，要做这一行，观念传承很重要。的确，不管怎么说，就连在极度重视保护传统文化的日本，狂言和艺伎一样已经是属于式微艺术。日本艺术传承常被他国诟病为极度残忍和蔑视人权。可是，在遥远的东方，在中国古代，这种世家传承的，对艺术近乎疯狂的执着和热爱是源远流长的，这是一种骨子里的自信和责任感，所谓古人风度，在如今这个浮躁的社会里很少见了。这就是为什么我们在看昆曲或越剧时，能被面目模糊的演员所感动，这也是为什么在看《阴阳师》时会对饰演安倍晴明的野村万斋感到惊艳，因为那是流淌在血液里的风姿，是从幼年就开始残酷训练的美感，不以年龄、长相为限制。平心而论，野村万斋只是中等之姿，但当看到他的表演，以及一颦一笑中的潇洒和风度，脑海里只剩下"陌上人如玉，君子世无双"。

　　中国传统文化里，美即含蓄，追求平淡中见绮丽，如今我们亦可从日本的茶道及插花中看到，追求寂静平淡，而中国人讲究中庸，此种美学传到日本变成了极致，就成了"物哀"。《源氏物语》常常被拿来和《红楼梦》作比较，二者在描述上都追求平淡清新的意境，甚至结局直面生死时，也是写得潇洒解脱，不直接表达悲哀。如今很多人不喜欢看传统小说，一个很重要原因就是觉得"情节性不强"，即便是大起大落的戏剧情节，亦觉得不够新鲜刺激。这从侧面反映出西方文化的渗透，众所周知，西方的艺术，包括戏剧、小说等，大致上都追求紧凑的剧情、强烈的矛盾冲突。用颜色来比喻就如同刺激的大红大绿，看多了这样的色彩，若是看传统文化的温润素净的颜色，便会觉得太过单薄。而这样的比较实则是有偏颇的，一味对立起来看，只能将文化停滞。王国维先生用西方哲学的思维方式对中国传统文学进行评论，写就的《人间词话》，就是中西结合尝试的一个成功案例。

　　前几天看《锵锵三人行》，主持人窦文涛谈及小学时在澡堂看到某位女老师时的瞬间："逆光下，她美得像电影镜头"。那种新鲜刺激的感受如同窥到新世界的大门，憧憬而懵懂，非常性感，无关色情。

　　人小时候似乎都有某个"开窍"的瞬间，对"美"的感受突然像潮水一样拍打过来，让人战栗。过去那个灰暗又单调的时代，电影中的女特务带着一抹挑衅又尖利的色彩打进小孩子的心中，"真好看"这样直观的感受，比一切空洞的说教吸引人。是啊，被美吸引是人的本性，灌输着革命艰苦朴素思想长大的孩子，还是会被电影中烫着大波浪，抹着口红的窈窕女子所吸引，"她是坏人，可是她好美"。电影里这些美丽的女特务们，开启了那一代人想象美的大门。

　　很久以后，网络、杂志上美人照堆积如山，我们再也不必偷偷摸摸地想着女特务们，为心中喜欢那个美丽的负面人物而战战兢兢，各种选美节目看得人眼花缭乱，人心却是空虚，那些"美"是轻浮的，如同水面上五光十色的泡沫。人们怀念起从前，从陈旧的报纸杂志中发现了新大陆，翻看着感慨着。"民国情怀"之所以那样热，民国美人们可是大有功劳。当某一天，一个孩子受够了那些浮花浪蕊式的"美"，回头去看看过去，竟惊奇地发现，那些远去的时光竟这样惊艳，从此，一扇大门打开。

每代人都差不多嘛。

"红颜祸水"这个概念在中国早已有之，这个词语到底是亡命的男人还是嫉妒的女人所发明已不得而知，但对美丽的渴望和欣赏却是不分男女的。《围城》中孙嘉柔寥寥数笔描画出汪太太的大约形象——一张红嘴，十个长而尖的红指甲。女人的刻薄与小聪明读来甚是可喜。

就我而言，打开新大门的是山口小夜子。那时候是五六年级，在图书馆偷偷看李碧华的小说，《胭脂扣》《生死桥》这样名字朴素的小说是可以带回去看的，不会引起同学或家长的好奇，但《潘金莲之前世今生》这样的书却是危险的，且不说有多少身边人看过《金瓶梅》，就算是没看过，只看过《水浒》的，也都知道潘金莲这三个字代表着无限的旖旎和色情。别把小孩子想得太简单，好奇心重些的，才刚会看书就在翻各种名著了——可以正儿八经看里面的恋爱和关于美女的描写。话说回来，这本书中看到一个句子让我神思向往："有一天，他见到一辑山口小夜子的写真，她像一条蛇妖似的，委婉伏在榻榻米上。横匾书着'坐花醉月'。"那是我第一次记住山口小夜子这个名字，这五个神秘的字后代表着一个隐秘而美丽的世界，后来我就去查，这一查就入迷了。山口小夜子，是我美丽世界的启蒙者。如今"启蒙者"似乎成了男性专用，并且带有一种暧昧的意味，殊不知，那些好奇的孩子，美丽世界对他们宽容得很，总会通过别样的途径，带着懵懂的他们开启新的大门。

山口小夜子的美是妖异的，她那张看似没有任何表情的脸上，一双杏眼也并非波光流转，但配上她黑色厚重的刘海，冷白的肤色，和她本身略带神经质的气场，于静默中透出无限的旖旎来。现在有关小夜子的视频不多，即便有，也是不甚清晰，但在找来看过之后，可以感觉到那种独特的气质可以透过画质和年代，真实展现在眼前。难怪在当时的T台几乎是白种人的天下的情况下，山口小夜子可以独辟蹊径，就像东方神话中的狐仙，妖媚沉默，一个眼神就可吸引人心。

许多女作家擅长写美女，如李碧华亦舒等人，或许是女性看女性更加细腻，所以写出来非常传神，甚至带有相知的味道，这是普通男作家很难做到的，男作家写女性有如作油画，是铺张的重墨油彩，要把她所有的样子，甚至于周边的空气都如实描绘，而女作家擅长白描，细细巧巧两笔，勾勒出个神韵，就足够摄人心魄，尚且还有留给观众想象的空间。

语言文字亦可以让人浮想联翩，《红楼梦》里的黛玉，通篇没有写她的五官，有也是轻轻带过一句"两弯似蹙非蹙罥烟眉，一双似喜非喜含情目"，全书读下来只有影子和姿态，似乎一回首就可看见，又道不出具体的样子。这便是曹公的高明处，太过具体的描写固然真实，却失了想象的空间。《源氏物语》里的紫姬，何等的国色天香，及读到"学着大人的样子把牙齿染黑"一句，虽知道是平安时代的妆容，亦觉得失了韵味。千百年来女子的妆容和审美观念变化太大，唯有神韵百般道不破，不同时代的读者自可带入想象中的人儿形象，倒也是肥瘦自取。

要说书中的美人儿可是数不胜数，儿时还有一位异域美人，也可算是启蒙者，是《巴黎圣母院》中的艾斯梅拉达。小时候喜欢看的童话，如格林童话中时常有公主，如何如何美貌，到头来却是个衬托情节的道具，美得浮于文字，更不见灵魂。《巴黎圣母院》中大篇幅写了人文环境和地理环境，似乎那个看似齐整的世界下暗含着暴力、冲突和人性的丑恶。艾斯梅拉达是个有血有肉的灵魂，有很多的缺点，却让她的形象无比丰满。载歌载舞的吉普赛女郎，在我的想象中是夜晚围在篝火旁静静唱着歌的形象，美而寂寞，霎时又活泼起来，如同变幻莫测的旋风，一阵阵吹拂。虽性格单纯得过分，也在世间的背景下显得格外明丽夺目，也在"美"和"丑"之间形成了极端的对比。看完此书后的我大为震撼，在好长一段时间里沉迷于艾斯梅拉达的长长的卷发和古铜色光泽的肌肤，吉普赛女郎狂野神秘的装束也极为吸引我，以至于经常在独自一人时把母亲的首饰带在额头，再披上半透明的围巾做头纱来自娱自乐。

后来去看《巴黎圣母院》改编的电影，看完格外失望，与自己想象的全然不同，越是喜爱书，就越是不容易接受影视作品，这一点在看《荆棘鸟》的电视剧时也深有体会。

要说有改编得可接受的，就不得不说《乱世佳人》，看书时百般想象却不得具体形象的郝思嘉，在看到费雯丽的剧照时猝然清晰起来：对，就是她。

《乱世佳人》的小说开头一页描写的郝思嘉，我在儿时读过多遍，一想就是那猫样狡黠而聪慧的表情，有时却又故作无辜，实则内心藏着小恶魔。这样的美人儿，真的存在于世吗？费雯丽饰演的郝思嘉，且不说细节方面，如绿色的眸子是何等相似，最先夺人眼球的是气质，嘴角微微一扬不是淑女式的微笑，而更像是戏耍了别人后的窃喜——太像了，太神似了。郝思嘉的灵魂就住在费雯丽的身体里，一颦一笑皆是书里走出来的。

《荆棘鸟》中的梅吉有双勾人魂魄的灰色眼睛，在看书时我深深记住了"玫瑰灰"这一个词，多么颓败又灿烂的名字：玫瑰的骄傲和灰色的隐忍温柔，虽然不知道"玫瑰灰"一词是解释成"玫瑰的灰烬"还是"玫瑰质感的灰色"，但总之是灿烂的，勇于为爱情赴汤蹈火不惜自焚。而同样是灰色的眼睛，东方的解释则更像是对自然馈赠的感谢，《艺伎回忆录》里的小百合有一双灰色的眼睛，在儿时就被说"命中多水"，因而被害怕火灾的艺伎馆收留，日后这一双独特的眼睛成了所有人追逐的对象：神秘，多情而柔美，澄澈的灰色眼眸如同略带着悲哀的一眼泉水。东方文化中对自然的敬畏，加之特有的神道教的渗透，使得这灰色的眼眸被赋予了不同的含义。

观美人如看文章，"文似看山不喜平"，必得要有特色及想象的空间才是妙，就这一点来说，现实生活中的美人儿给人的想象始终不及作品中的，中国古代的四大美人，细细想来皆是和政治有关，就算是古希腊神话中引起男人们十年战争的美女海伦，其倾国倾城的容貌也不是通过正面来描写的。尤其是在儿时看的作品，其中的人物形象在脑海里自有舞台可涂抹装扮，书中的描述重在"神韵"，看似玄虚，却真实可触。

野
分
荒
凉

　　最近看了渡边淳一的《失乐园》和《爱的流放地》两本小说，《爱的流放地》是十多岁的时候买的，当时粗粗看了一小半就觉得疲惫，故一直弃在书架上。最近看完《失乐园》后一直沉浸在回味中，忽然想起家中似乎还有一本同作者的书，这才拿出来重新翻阅。小时候对这本书的印象非常模糊，只从简介和腰封中得知这位作家擅长写婚外恋，书中时常涉及伦理问题。如今看来自然是感叹出版社和媒体的断章取义，以及为了销量而不惜误导读者并精心打造的噱头。

　　我时常在不知情的情况下买了某位作家某个系列作品中的一本，巧的是往往都是第一本，如三岛由纪夫"天人五衰"系列的第一本《春雪》，即便不算是一个完整的系列丛书，也大多是作家的早年经典作品，而后渐入佳境，便搜寻其他的书依次看，从作品这面镜子中可窥得作家的变化和经历。这不得不说是份奇妙的"书缘"。此次也不例外，看完《失乐园》再看《爱的流放地》，顿觉两本书间必定隔了十年左右的时间，上网查阅后发现果然《失乐园》写于1997年，而《爱的流放》写于2006年。这与《爱的流放地》中男主人公——作家菊治先后创作的两本书之间相隔了十五年似乎有着奇妙的联系，菊治早年的处女作华丽浪漫，畅销大卖，而十五年后的出版社却拒绝了他的稿子，对此书中的解释是：

"终于听到了那位加藤部长的意见，但菊治绝对不能接受。……即使对方想要菊治早期那种故事情节华丽浪漫的作品，可从那时到现在已经过去整整十五年了。加藤让他无视这十五年岁月的流逝，创作出如出一辙的作品，这等于从根本上否定了十五年来作家的成熟。这部作品看上去朴实无华，却有相当的深度，触及了人类根源性的一些问题。事实上，森下、石原他们都因此充分肯定了这部小说。可是他却说什么缺乏吸引年轻人的那种华丽的成分，真是荒谬至极。言外之意不就是，作家长大成人后，还必须继续创作那种儿童套餐式的浪漫故事吗？"

这段话背后的成长和经历，远远不止十五年这个数字那么单薄。我认为这也是作者自身某一方面的反思和成长。虽然渡边的作品不至于像菊治第二部作品一样遭受出版社冷落，却是作者对这些媒体机构不加掩饰且力度甚道的嘲讽。而主人公菊治的处女作惊人地畅销，作者将其归功于"故事情节华丽浪漫"，却又在多年后认为其是"儿童套餐式"，不得不引起读者的注意。渡边淳一早年的《失乐园》一经出版便极为畅销，书名更是成为年度热词，而如今回过头去思考，便会发现《失乐园》这部作品与菊治的处女作有相同之处。《失乐园》中多次出现"纯爱"一词，从主人公的相遇相爱，至达到最高点后的死亡凋零，皆是童话一般的"纯美虚无"，书中大量描写樱花及旅行途中的景色，构建出美丽寂静的"物哀"境界，比起《失乐园》饱满充沛，不加节制的描写，《爱的流放地》显然显得冷静客观，全书细致的环境描写并不多，大多是白描，只有最后菊治亲手扼杀冬香那一晚的焰火描写非常细致生动，为了描写死亡和极乐，这场观焰火无疑象征着他们的禁忌之爱和人生的无常。

鲁迅有言：悲剧是将人生有价值的东西毁灭给人看。那《失乐园》或是《爱的流放地》，是否属于悲剧这一范畴？词条中将悲剧定义为"主要是以剧中主人公与现实之间不可调和的冲突及其悲惨的结局，构成基本内容的作品"。不可否认，这两本书中的男女主人公皆有着世人所想定的凄惨的结局——《失乐园》中的男女双双殉情而死，《爱的流放地》中在两人达到极乐时男人失手将女子扼死，自己则需在监狱里度过八年的惨淡人生。从这一角度来看，这两本小说无疑是属于悲剧范畴的。但通过仔细阅读会有一种强烈的感受，就是作者对人物内心情欲的极致准确的描写，而这样不遗余力的细致描写，是单纯为了更接近笔下世界，还是作者力图向读者展示什么隐藏的意义？对此我持后一种观点。众所周知，渡边淳一是一位医生，对人体构造十分熟悉，故小说也如同解剖一样冷静剖析，这两部小说中不厌其烦的性描写除了让人感觉繁琐重复外，也有更深一层的含义，同时也是作者的苦心所在。正如《色戒》这部电影中的性片段，评论家认为若是想完整理解李安努力接近张爱玲原作精神的苦心，则不可不看，且需看得十分仔细并作出比较。电影中的性场面有三段，王佳芝态度分别从隐忍麻木到克制压抑到最终的身心交融，无疑是展示她内心世界的极佳表现，通过这三段，不着一字却淋漓尽致地展现了王佳芝爱上易先生的过程，以及其内心的动荡和犹豫，这也使得最后王佳芝发现自己爱上易先生后，这份爱让读者和观者都觉得非常凄凉美艳。而看删节版的观众自然无法理解这一变化的过程，故会认为王佳芝对易先生的爱是浅薄的金钱之爱。此种技巧，渡边淳一在《失乐园》一书中便已运用得很流畅了，若是删去繁复的性描写，那便无法窥得两人的爱情发展的过程，只会单纯认为是只有欲望而没有爱的"不伦恋"。据说黑木瞳主演的电影《失乐园》是经典之作，我尚未看过，但我推测既然能最接近原作者的想法，电影采取的极可能是和李安导演类似的方式。

由上述《色戒》这一例子我们可以感受到渡边淳一在小说中倾注的心血，即"渡边式美学"的逐渐完善和成系统。我认为从作者力图表现的精神来看，《失乐园》绝非悲剧，而是和《红楼梦》一样，只是一种解脱。小说中的环境皆处于近乎真空，这点和大观园有异曲同工之处，这种真空虚空的状态是漂浮的，近乎童话，非常唯美，也非常不真实。所以结尾处两人毅然选择为爱赴死，读者并不觉得悲伤，也不因此产生人生无常之感，皆因这是两人的选择和对爱固执的理解，与日本传统文化中的"物哀"观念一结合，反而产生一种类似得到解脱的圆满之感。但《爱的流放地》则大不相同，我认为它是一部悲剧，其理性冷静，描写了人性之爱和人类社会之间的巨大矛盾，人生的悲哀虚无和作者对社会人伦无声的嘲弄结合为一体，这种不可调和的矛盾即为悲剧的根源。作者减去了《失乐园》中大段细致的环境描写，代之以白描勾勒，即使是极具表现力的心理描写亦删去很多，营造出一种"作者已死"的状态，即笔下的人物是被无常的命运裹挟着走向极致的虚无，此笔法看似平淡实则惊心动魄，实在令人惊叹。另一方面，作者将更多的笔墨倾注在性描写和构造周遭环境以及人物复杂的关系上，整个故事发生的环境非常真实稳固，在现实意义的基础上，也反映出作者对人生乃至人性更深的思索，即人本性和社会之间巨大的沟壑。书的后小部分全是法庭描写，在一次次的审判问讯中将两人的关系和这种"死亡之爱"衬托得淋漓尽致，这种不伦之恋不可能被法庭即世俗所理解和接受，与《失乐园》的二人世界不同，《爱的流放地》中的每一个人皆是被社会人伦所牢牢捆绑，根本不可能出现《失乐园》结尾遗书上写的"请原谅我们最后的任性，请把我们葬在一起，这是最后的请求"这样唯美而不切实际的爱情誓言。尽管《失乐园》中的男主人公有妻有子，但他们的表现非常苍白无力，几乎只是模糊的一个印子，对两人的爱情完全构不成影响，相反地，《爱的流放地》中的亲情描写非常精彩，菊治与儿子的关系显得非常生动真实，虽然最后结局似乎免不了俗套，但对作者来说，能够直视人在家庭、社会中扮演的角色，仍是非常关键的一步。

　　以上这些是我一口气看完这两本书后的直观感受，两本书之间近十年的漫长时空得以在我的心里汇合起来，宛如观看反映作者人生的幻灯片。我迷恋这种一口气阅读同一作家不同时期作品的感觉，似乎是以一个旁观者的身份来看作家的发展和变化，这些变化也是我产生"人生无常"这一感受的来源。人性和社会都是那样复杂，正如《爱的流放地》结尾提到的加藤楸村的俳句："野分荒凉苟活命，人间争斗尤惨烈。"

　　随着里约奥运会的结束，闭幕式上的"东京八分钟"引起了热议，除了高科技、二次元之类的字词，"椎名林檎"这个对于大部分中国人来说似曾相识又略显新奇的名字映入了视野。作为2020年东京奥运会的音乐总监，"东京八分钟"的音乐设计对她来说只是小试牛刀。在里约这个异国他乡的舞台上，魔幻的摇滚风音乐和略显"性冷淡"的干净舞台设计，伴随着强烈的个性和风格，在一夜之间席卷了世界。许许多多的人在问，椎名林檎是谁？她和奥运有什么渊源？于是引发了更深层次的思考，上个世纪的六七十年代，当中国大陆正弥漫着一片红色嘹亮的旋律中时，日本乐坛发生了什么？那些改变了日本乐坛甚至是亚洲乐坛的著名音乐人彼时还年轻气盛，他们在做什么？

　　如今我们在网上可以找到七八十年代音乐会的视频，不论是狂躁的，还是恬静的演奏会，在赞叹编曲、和声的高水平之余，整体的氛围更是让人惊叹。舞台的设计比现在千篇一律的样式活泼得多。1970年代，日本的学生运动正沸沸扬扬，这种疯狂劲儿到了音乐里，成就了重金属音乐的蓬勃发展，随着经济和社会的发展，音乐更加多元化。椎名林檎出生于1978年，是日本著名的音乐人，被广大粉丝誉为"女王"。椎名林檎是艺名，"林檎"是日语"苹果"的汉字，所以她也被称作"苹果"。在她的音乐世界里，人们时常觉得目眩神迷，各种色彩艳异的风格被混合杂糅。

有很多人是从电影《恶女花魁》中知道椎名林檎这个名字的，我也是如此。蜷川石花导演，椎名林檎作曲，土屋安娜主演。这几个名字弥漫出一股生鲜艳异的气味，在整部电影中，惊讶和赞叹称霸了我的思维：古装电影可以这样拍？镜头的色彩可以这样刻画？这是历史剧？喜剧？悲剧？在这众多的问号和感叹号中，这部电影的音乐成了最醒目的一抹异色。带有摇滚风味的音乐配上古装和服，土屋安娜细细的眉毛和沉甸甸的美目折射出慵懒又残忍的光芒。土屋是混血儿，按照我固有的思维，棱角鲜明的脸是不那么适合东方古装的，但在这部电影中，一切的矛盾都非常自然，美就是美，和东西方无关，重要的是神情和姿态。画面是那么鲜艳，被色彩填得满满当当，但不知怎么只觉得悲凉空旷，妓院生活的淫靡鲜艳，和在此被生活奴役的男女苍白凄怆的心灵形成了强烈对比。白居易《琵琶行》中"五陵年少争缠头，一曲红绡不知数。钿头云篦击节碎，血色罗裙翻酒污"极言琵琶女年轻时生活的放纵和繁华，《恶女花魁》中的镜头就还原了从此行业者的热闹与心酸，除了蜷川石花无时不在的富有特色的镜头，椎名林檎的音乐时常闪现，在女主角清叶当上花魁的那个夜晚，在暗喻着性和奴役的红金鱼在硕大的玻璃缸内不停游动时，我第一次惊讶地发现，美好的影视作品真的是风格多元的，讲一个古代的悲怆的故事，也不一定非要走文艺小清新路线，镜头也不是非冷色调不可，音乐也不必非要古风，现代风格，甚至摇滚都可以，反倒是一切都看似矛盾的热闹和鲜艳中，那种无可奈何和无可言说的凄凉被表现得淋漓尽致。

　　不习惯她音乐风格的人最常说的一个词就是"聒噪"，的确，熟练运用多种电音和乐器已成为椎名林檎的特色之一，不论是朋克还是日式摇滚都不能概括她的音乐风格，她的嗓音也是多变的，可以温柔，可以沙哑，也可以嘶吼，甚至发出尖细的娃娃音。如同作画的颜料铺洒在画布上，刺目而显眼。我不算是椎名林檎的乐迷，一些风格也不太懂得欣赏，但我非常仰慕她的音乐态度，永远在寻找永远在超越自己，而不是平静地走一条安稳的道路。不论是人生还是音乐风格，她都散发着童女和老巫婆的双面魔力——"艳异"是我对椎名林檎音乐的第一印象，时至今日我看到她的名字，还会想起大红大绿的色彩配上钻石的光芒，看似矛盾又魔性地混杂在一起，无法形容。

『霓虹』异色之音乐（二）

上世纪 80 年代， 港台流行音乐风靡， 邓丽君、 张国荣、 陈百强等人的歌曲通过无数街头的盗版碟片传遍了大江南北， 那个时间点， 就像是米开朗琪罗《创造亚当》 一画中上帝与亚当指尖触碰的那个瞬间， 电光火石之间， 巨星迭出， 创造了港台音乐近三十载的黄金发展期。 我们的父辈祖辈们， 或许五音不全， 或许不谙乐谱， 但他们仍可跟着电视 "怀旧金曲" 栏目中哼出 《千千阙歌》《风继续吹》《红日》 等旋律， 这些经典的歌曲历经数十载， 现在听来仍是真情脉脉。 那时， 大陆的黑豹乐队才刚刚成立， 崔健也还没来得及吼出那句 "我曾经问个不休， 你何时跟我走"。

与香港流行音乐偏重深情款款的情歌不同， 台湾的 "小清新" 在流行乐上独树一帜， 刘若英等人干净温暖的声线创造性地在大陆开拓了市场， 且歌词也更偏向口语和叙事， 《后来》《我们没有在一起》 等歌曲如同在讲初恋的故事， 十六七岁的纯真青涩， 让一部分 "只知早恋， 不知初恋" 的大陆人民惊喜万分。

我很喜欢听这黄金三十载期间的流行乐， 而且是如同中文系时学文学史一样， 跟着历史的分期按时间段， 按代表人物来听。 但我在听歌曲的时候常有一个疑惑——为什么在千禧年之前有许多歌手的歌曲也极具魅力， 周杰伦却被称为

"改变了华语流行音乐最重要的人"？ 论技巧和唱腔的多元性， 似乎很多歌手都做得非常好。

因此我特地去找了资料来看， 一眼望过去看到反复出现一个词 "原创"。 一开始我以为是方文山文白交错的歌词很有新意， 再仔细一看， 全篇在说的， 却是周杰伦的音乐， 歌、 词、 编曲， 都是原创。

在又一轮的调查过后， 我的世界观受到了强烈的冲击——许多人天天对隔壁改编翻拍我们的电视剧的越南冷嘲热讽， 可又有多少人知道， 80 年代兴起的， 长达三十年来对现代中国流行乐坛产生持久影响的这一段黄金期， 有半边天是由改编翻唱日本流行歌曲撑起的？

难怪 Beyond 主唱黄家驹曾说过， 香港没有 "乐坛"， 只有 "娱乐圈"。

震惊之余， 我开始回忆， 的确是听过旋律熟悉的日语歌， 如 《盛夏的果实》 《风继续吹》 等， 但是我以为是日本翻唱我们的。

太不了解了， 太自以为是了。

于是我从平成年间流行的 "演歌" 开始， 到 70 年代兴起的摇滚， 到日本流行音乐的发展展开了解， 许许多多似曾相识的旋律伴随着完全陌生的歌手和作词者映入我的视线。 由于日本音乐圈与娱乐圈一样， 产业链高度完整发达， 国内市场已经非常庞大， 所以并不像韩国那样大力开拓海外市场， 当然真爱粉们可以通过 "翻墙" 去了解信息， 而普通群众完全不了解情况。

因此， 我们对这位时尚的邻居， 了解甚少， 或是还停留在二战结束后。

回过头看那个年代我们翻唱过的日本歌， 大部分是保留曲调， 重新填词后演唱。 重填的词也大抵按照原曲的意境和情感， 幸运的是， 因为那些制作者的用心， 这些作品现在看来的确制作精良， 比如最熟悉的 《千千阙歌》， 改编自近藤真彦 《夕烧けの歌》 （译为 《夕阳之歌》）， 由林振强重新填词， 陈慧娴演唱。 近藤的演唱沧桑哀伤， 高潮部分的歌词为：

ゆらゆらとビルの都会に広がる， あの顷と同じ 夕烧け空
摇摇晃晃在高楼林立的城市中漫开， 同那时一样的夕阳
クソ食らえとただ， アスファルト蹴りつけ， ああ春夏秋……と
嘴里嘟哝着他妈的， 在沥青路上蹭着步， 啦啦啦， 春夏秋

この都会，谁れを迎い入れ，また谁れを追い出すのだろう

这座都市，谁在被迎接着，谁又被驱赶着

はじめて恋したお前は，俺の目が 好きと言ったのに

第一次恋爱的你，不是说过喜欢我那 （明澈的） 双眼吗?

握りしめたこぶしが，空振りする度，何が宝と言えば……

握紧的拳头，每次挥空时，要说什么才是最珍贵的……

　　带着 "夕阳无限好，只是近黄昏的" 哀叹，歌词中随性率直的部分也显得略带粗犷，而 《千千阙歌》 由于重新编排， "来日纵是千千阙歌，飘于远方我路上，来日纵是千千晚星，亮过今晚月亮，都比不起这宵美丽，亦绝不可使我更欣赏，啊啊，因你今晚共我唱"，在曲子情感上更偏重于留恋和哀婉，也带着对未来的祝福。例如这样的改编，则是二次创作中的佳作。

　　此外诸如 《红日》 《风继续吹》 等在填词上皆很有特色。台湾的流行乐则偏爱翻唱中岛美雪，一人的歌曲被翻唱的数量达到了惊人的七十多首。诸如《原来你也在这里》 《飘雪》 等凄婉忧伤的情歌传唱度非常广。还有一个有趣的例子是刘若英的代表作 《后来》，其改编自玉城千春的 《未来へ》，开头的那句 "ほら" 和 "后来" 几乎是同音，因此我猜想填词人是否由此灵光一现，写出了这有关十七岁和栀子花的初恋童话。

　　音乐人高晓松有一个充满争议的观点——"汉族无音乐"，他认为汉民族在音乐方面缺乏天赋，历来也不够重视，做得极好的则是填词。发展至现在，在歌曲综合方面，节奏看非洲，音乐看日本，中国的长处是歌词。这个观点似乎太过绝对，但若是去找那一期的 《晓说》 来看就会知道，高晓松实际侧重的更是对中国在音乐教育上的忧虑，很多人，学历是研究生，但音乐审美是小学生水平。我觉得这的确有文化的因素在，汉族的文化里，音乐是严肃宏大的 "雅乐"，是用于祭祀朝拜等场合，为政治服务的，唐朝时雅乐传至日本，如今的日本国歌 《君之代》 的曲调就很像雅乐，平缓稳重，歌颂天皇。而这种雅乐在生动性上远不及通俗音乐，且掌握在上层贵族阶级手中，故音乐的传播和普及受到了垄断。

　　最后，我还想说，音乐无国界。由于各地情况不同，在某一些领域发展

有快慢是正常的， 想当初华夏大地正处在三国纷争时， 地球上的很多土地还未有文明的迹象。 如果因此而看轻或盲目崇拜， 那就有违音乐存在的初衷了。

你
是
真
的
快
乐
吗

——电影 《东京日和》

荒木经惟是一位日本摄影师， 也是我之前提过的美丽世界的启蒙者之一。

荒木经惟式美学以及 "私摄影" 的概念， 很多人应该不陌生， 事实上荒木经惟作为一个艺术符号， 越来越有泛滥的趋势， 传播即误解， 此言非虚。

日本艺术是个神奇的混合， 既传承了几千年的 "物哀" 美学， 又流淌着暴力血腥的死亡之美， 二者缺一不可。 文学上， 日本几乎所有著名作家， 川端康成、 三岛由纪夫、 芥川龙之介、 太宰治的小说都可以看出这种 "绝望之美"。 樱花、 白雪、 和服的静谧绝美表象下隐藏着血腥、 暴力、 死亡和乱伦。 而这一切的波涛汹涌都是以冷静平和的语调轻轻写来， 最是深刻绝望， 绝望之美四字是我对日本文化最直观的感受。

说到日本文化， "情色" 二字不得不提， 日本的情色伦理观在传统文学中即有细致描述， 从最早的 《源氏物语》， 到近代作家渡边淳一的代表作 《失乐园》 等， 皆反映出这个民族对于美对于爱对于身体的不同理解。 文字毕竟有些抽象， 而更直观的摄影、 电影等技术的出现， 将日本 "情色" 二字更深刻推向了全世界。 如果关注日本情色文化， 了解必不会仅限于普通的 CD， 摄影不如视频、 电影等直接， 提供的只是一个瞬间的平面， 却更含蓄神秘， 荒木经惟、 森山大道、 米原康正等正是其中的代表。 "情色摄影师" 和 "色情摄影师” 的差别， 便在于在纯粹肉欲之外有了艺术和深度。 其中荒木经惟最吸引我的特质， 也是其与其他摄影师不同的地方， 便是作品中的沉静和绝望。 荒木经惟多采用黑白摄影， 在日本模仿者甚多， 近年来中国摄影师模仿者也不少， 有些低劣的， 只能模仿到空洞虚华的外表。

荒木和妻子阳子的故事在外人看来感天动地， 跨越年龄与生死， 甚至被流传成了一个传说。 相伴二十多年， 荒木用镜头记录下了无数有关阳子的片刻， 不论是什么姿势或色调， 阳子是微笑还是愠怒或是悲哀， 最直接的感观就是真实而真诚。

记录生活的摄影数不胜数， 自阳子 1989 年患病入院以来， 荒木拍摄天空的照片就多了起来， 空旷的天空中横贯着字符， 或是明明云朵满满的天空， 却因为光线色调的处理而显得无比黯淡。 荒木还爱拍植物， 那些吞吐着花蕊的妖异花朵， 经常出现在摄影集中。 在阳子住院期间， 荒木拍了许多植物， 病房里的， 家里的， 买来送给妻子的， 多是残败的花的尸体， 气氛灰暗压抑得不可描述。

一年后阳子离世， 在和阳子说了最后的一声 “谢谢” 后， 荒木为了记录， 拍下了阳子留在人间的最后一刻， 包括房间的样子， 摆放的花朵和植物， 还有窗外的天空。 “在那以前我曾经说过， 等我到了 50 岁我开始拍人像。 其实教会我如何拍摄 ‘人像摄影’ 并一直给我拍摄机会的， 就是阳子。 直到最后她离开， 她给了我最后一次这样的机会。”

有关他们的电影， 有 《东京日和》， 这是一部温馨而缓慢的电影， 色彩、光线和情节都是典型的日式风格， 经历过生死的诀别， 到回忆起来， 还是这些细小的碎片更让人动容。 阳子的死， 影片中表现为 “离去”， 那些夫妇之间的喜怒哀乐， 当时觉得可怒的， 回忆起来只剩下悲哀和留恋。

由于影片表现的是二人的爱情故事， 故而温情细腻， 光永远是朦朦胧胧的， 阳子的脸便泛着柔光。 主演兼导演竹中直人我非常喜欢， 他未必有荒木经惟的怪异和顽皮， 但就电影所表现的温情而言， 实在是非常合适。 饰演阳子的中岛美惠很好地表现出了阳子的神经质和脆弱， 阳子患有飞蚊症， 或许还有一些抑郁症， 她无法融入身边的圈子， 在公司连一句 “早上好” 都说不出口，无力维护已经脆弱的朋友圈。但面对丈夫的时候，两人是那样的无拘无束，顽皮直率。

影片开始不久，阳子就因为和丈夫起口角而失踪了三天。这三天，影片中有一段念白，来自荒木经惟在书中的回忆：

"阳子三天仍未回家，这是我们之间最差劲的日子，不知何解，却令我回忆最多。"

人总有美化回忆的习惯，尤其是在失去之后，之前回忆的每个细节都令人怀念，不论是温馨还是争吵，都由于近在咫尺而散发出令人感慨的香气。

影片中有很多细节让人动容，我喜欢这些生活化的细节，像普通夫妻争吵又和好。如跑步的时候突然下起雨来，但是看到一块像钢琴的石头，二人像小孩子一样在上面弹奏起了《土耳其进行曲》，再在上面执手跳舞，欢笑嬉戏如孩童。

电影中的荒木一直把阳子小心翼翼呵护起来，保护着她的脾气，她不稳定的情绪，脆弱善良的心灵。一次，他在街上遇到正去工作的阳子，阳子没有看到他，与他擦肩而过。这是一段平常的独白，却是莫名的伤感。

"看见独自走路的阳子，结婚后首次看见独自一人的阳子，察觉到没有我，仍可生存，虽是理所当然，仍让我激动。"

荒木经惟说过："爱，是以快门的次数来决定的。"他最爱拍的是阳子，影片中也有很多的体现，最让我感动的是他看阳子时的微笑，是爱情，也是亲情。

现实生活中的荒木是多面的，有温情款款的一面，亦有迷幻任性的一面，这在其他的纪录片中可以窥见一斑。荒木作为摄影师，作风大胆又创意无限，甚至有些古怪。所以《东京日和》这部电影只是展现了某一个横截面上的荒木，即使是这样，影片也尽量贴近现实，以平淡普通的情节来款款叙述，大概这部电影的主旨是为了表现荒木作为丈夫时的心理吧，比起宣传册上另类张扬的荒木经惟，电影中的温和平静更能让观众感觉到，不管是怎么样的人，和挚爱的家人一起生活时，也是如普通人般平淡度日，生活中有快乐有争吵，也有喜怒哀乐，亦有生离死别。

对《红楼梦》的研究探索，从此书诞生的第一天开始就出现了。"红学"一词最早见于清代李放的《八旗画录》："光绪初，京朝上大夫尤喜读之，自相矜为'红学'云。""红学"的初始含义带有半调侃的性质。清代学者运用诗咏、索引等传统方法研究红楼梦，被称为旧红学，五四以来，王国维、胡适等人引进西方现代学术范式研究《红楼梦》，被称为新红学。到了新世纪，各式各样新的研究方法出现，研究者的水平也参差不齐，新红学产生了分化。以上种种可见证历代读者对《红楼梦》之爱的深刻和持久。而各人各派研究方法、研究对象的不同，在给人们更大思想空间的同时，也不免产生了迷茫和无措。

我们不由得深思，为何研究的手段更加先进多样，资料的使用更加便捷，红学的发展和声誉，却越来越有陷入瓶颈期甚至被称为"胡言"的尴尬境地呢？俗话说"旁观者清，当局者迷"，木心先生《文学回忆录》中有一篇文章谈到《红楼梦》："自己不成熟的年轻人，常有偷窥癖，因为自中国的红学，大抵是已空泛。艺术上的好事家，如鲁迅所言，是把姑嫂婆媳的喊喊喳喳搬到文坛上来。中国的红学，大抵是喊喊喳喳之辈。"木心先生为文通达舒展，对文学的眼光却是睿智冷峻，他将脂砚斋、金圣叹两位评论家和现代人作对比，"脂砚斋批点《红楼梦》，就隐掉了真姓名，金圣叹定名'才子书'，只谈作品，不谈作者。"他认为，当代皆是"好事家"而非评论家，话虽不客气，细想之下却颇得鲁迅先生批判之妙，新红学虽批判索引派之荒谬，却不知如今红学已然脱离文本，变成"曹学"也！甚至大有变成闲人好奇清宫秘史的窥视，其视角的狭隘和枯竭，与不断翻陈出新的红学书籍形成了荒谬的对比，真所谓"下笔千言，离题万里"。

即使作为一般的《红楼梦》爱好者，如笔者，也常常感叹于如今研究视角的剑走偏锋，而对文本本身却缺乏足够的认识，或许很多学者认为文本的内容已经不需要多言，但实则又对书中的细节不够重视甚至忽视，认为作者只是"随便写写"，而花大功夫去研究作者，认为《红楼梦》完全是作者的自传，还有学者认为此间投射了清代的某一王府或皇室，而做出了无尽的猜想和假设……笔者虽不赞同"作者已死"的观念，承认作者背景和生平对文学创作有着不可忽视的作用，但前者的研究实则是为后者服务的，是为了让人们更好理解文本，若是过分重视后者而忽视前者，则是本末倒置了。最近看了台湾学者欧丽娟写的《大观红楼》，开篇便言"在如此之异彩纷呈的多样研究角度与丰富的研究成果中，似乎仍然缺乏一种比较切近于作者与作品之特殊阶级的视野"。于是深深被文中新颖独特，而实则又久违的传统文学视角所吸引，我又上网搜索了一些欧教授的讲课视频，笔者感触极深。下面就结合文本，浅谈此书给我的启发。

《大观红楼》一书中反复提及由于时代、价值观的演变对我们当代读者更贴近理解《红楼梦》此书的局限性，欧丽娟在其公开课视频中也不厌其烦地将这些话说在正式的文本研读评论之前，"因为各种因素的影响，使读者容易把文学'扁平化'地思考，以为无论时空的差异，'人'都具有相同的本质，所追求的生命意义与价值也大致相通，而忽略了其实连'人的本质'都是后天建构出来的……这种扁平化的思考，使我们误以为人都是追求平等的……对成长与其中的人物会有何种思想、信仰、价值观、心理感受，就几乎是置之不论了。""身为读者的我们，是否因为历史的、人性的种种因素，而严重地忽视这一点，以致所热爱、所争辩的，其实是自己想象的《红楼梦》？"种种议论都表现出《大观红楼》此书最核心的主旨——怎样做一个合格理性的读者。正如"一千个人眼中有一千个《哈姆雷特》",《红楼梦》一书由于其特殊性和残缺性,使读者的感受更为多样,也可以说"一千个人眼中有一千种《红楼梦》",《大观红楼》一书更多地提供一种新的视角,即如何结合读者所处的那个年代背景及价值观,切忌以评论者所处时代的准则要求文本,少一些文本思想的过度拔高,多一些理性冷静的评价。欧丽娟显然理解转变读者固有视角的困难性,所以在本书的第一章便罗列了四种"读者之难",即"直觉反应的常识性意见""忽略细节""时代价值观"和"好恶褒贬"。夏志清说过:"除了少数有眼力的人,不够格的读者放纵自己的地方,这种稀奇古怪的主观反映,就如同前面所指出的那样,部分是由于一种本能的,对于感觉而非对于理智的偏爱。感觉太容易了,我们就被它牵着走,而理智要刻苦地压抑自己,要训练自己思想逻辑的严密,所以一般人都不做。于是诉诸感觉的结果就是任由那些表面的错误来主宰我们。"这些在读者阅读过程中出现的误区既有后天影响,也有人性本身的特质影响。而作为读者,正如欧丽娟所说:"唯有充分自觉后才能超越,事实上,放下褒贬之心,以深刻的理解取代好恶的感受,不但是'能真读《红楼梦》'的人所应努力的,也是一切'能真读小说'者的共同方向。"

日本的山本玄绛禅师在龙泽寺讲经,说:"一切诸经,皆不过是敲门砖,是要敲开门,唤出其中的人来,此人即是你自己。"读者的角色和经典同样重要。单纯靠自己的印象和好恶去评价书中的人物,极可能将人物"单面化",忽视了人物的丰富性与复杂性。而任何一部伟大的小说之所以伟大,正因为其在展现对人性复杂隐秘的细致入微的研究和体悟给读者时,意欲读者能体味作者的一番苦心,正如《红楼梦》开篇所提及的"满纸荒唐言,一把辛酸泪,都云作者痴,谁解其中味"。脂批亦有多处点醒作者成书之辛酸艰苦:"作者秉刀斧之笔,一字一泪,一泪化一血珠,惟批术者知之",如此反复点醒作者,万不可以自身目光,阶级的局限性而忽视作者的心血,脂批中多次批注"方是写世家夫人之笔""王夫人从未理家务……若无此一番更变,不独终无散场之局"。如此种种,都表现出与现代理念完全不同的礼法意识和对"世家大族风范"的评定，也有多处表现出对"暴发新荣"之家种种作为鄙夷不屑，表明在成书的年代，尚有因为阶级性的不同而造成的读者的曲解，笔者认为这也是《红楼梦》一书最早只是在极小圈子中传阅的原因之一。唯有同一阶层，具有相同的价值观甚至有共同的记忆者，方能体悟作者的一番心血，而百年后的我们，想更客观、更全面地理解作者，认识人物的复杂性，则需要"深深自我期许，也深深自我警惕"（《大观红楼》中语），是"如何成为一个合格读者"必经的历程。如林黛玉这一形象，若如教科书中答案一般理解，那是非常单一和书面化的形象分析，其性格中的某一点或某几点被无限放大，变成了这个人物的标签，这样的阅读和分析，实在过于单薄。成熟的读者，可谓"照见真相"，不仅仅看到人物的典型特征，更应注重其多样性和复杂性，看到的人物也愈加丰富深刻。

世无音乐，不愿留此世间

记得那英有句话，大意是情歌不是比谁更煽情，而是比谁更真诚，因为人们听情歌是为了疗伤。

就像悲剧的力量总是远大于喜剧一样，人们对悲伤普遍更能产生共感，的确，兴高采烈之时总喜欢暗自琢磨乐趣，根本无暇寻求共感吧。

作家止庵曾发过一条微博："今天在石川啄木诗歌集的活动上说，我的读书经验是，读积极的作品往往使我消极，因为见人家那么积极，觉得自己就不用凑这份热闹了；读消极的作品往往使我积极，因为这世上居然还有比我更消极的，不免因得意而振作起来。"

"这世上居然还有比我更消极的，不免因得意而振作起来"这句话很妙，看似戏谑，却真实异常。人即使在无意时也总会自行比较，看书也是如此，所谓阅读，即看他人的言论或听他人讲故事，若是故事过于圆满，则变成了看戏——遥远的戏台上上演着"落难秀才中状元，欢欢喜喜大团圆"的故事，虽说是发生在平行的人世间，还是觉得遥远虚假如梦。这也是"私小说"这一概念最初在日本一被提出来就获得了广泛关注的原因之一。所谓私小说，即是自我小说，意在说出自己的情感和故事，主角往往是平凡渺小的人，真实而可触。

私小说中著名者如《人间失格》，我爱读它便在于"这世上居然还有比我更消极的，不免因得意而振作起来"。第一次读时几次落泪，读的次数多了便不再流泪，但仍被这本书深深鼓励着，同样的审美理念用在音乐上，则是和那英的话不谋而合，即唯有真诚的音乐可得到听者的心，不论带给人的是悲伤还是迷惘，听众总是会寻到适合自己的那片水域，深深沉浸在真诚丰沛的情感中，刚接触时不免自行代入而产生悲伤，但听得多了，就会变成默默欣赏的局外人，从中汲取着勇气和力量。

《小窗幽记》中有名句"世无花月美人，不愿生此世间"。短短一句尽得风流，也到底是白描出花花公子的任性傲然，我附庸风雅地将题目写成"世无音乐，不愿留此世间"，重点是为了描写音乐之绝美。

色、声、香是人最根本的感受，这些感受是那样直白而力量巨大，以至于生活带来的经验根本无法与之抗衡。曾有个笑话：想到世界上有那么多的美食就不能轻生！虽是说笑，足以看出味觉给人的欢愉感。对于我，则是音乐带来的愉悦感。直面无法排遣的痛苦时，一切的文字都显得隔膜而生硬，而唯有音乐的直白是最有力的。"世界上怎么会有那么好的音乐，而且还在源源不断地被创作出来，为了听这些作品，也要坚持活着啊。"写在高中日记本上的话，至今我仍觉得很有重量。

我很喜欢电影或电视剧的配乐，往往经过多次的重复循环而在不自觉中深深记住，有些音乐和剧情相得益彰，感染力便急剧增长，若是剧情生硬时，优秀的音乐也可以弥补一些尴尬，让观众不至于吐槽过多。我最近看了三部电视剧，对其中音乐印象很深，分别是《大奥华之乱》《昼颜》和《迷离三角》，其中的音乐不论是什么风格，都真诚而感人。

所谓大奥即是后宫，不过后宫的主人非帝王而是幕府时期实际掌权者将军。《大奥》系列在日本长盛不衰，既有时代剧又有男女逆转剧，主题曲大奥メインテーマ是最为耳熟能详的一首，侍女打开门，众人皆跪下迎接将军时的音乐便响起。作曲者为村松崇继，音乐宏大而细腻，在每个影视剧版本的《大奥》中都被用到。和其他的曲子相比，我觉得这首曲子最感人之处在于层层递进，开始部分或活泼或娴静，像是小女子尚在闺中，单纯而好奇。而越是这样，越是显得高潮部分的煊赫中掺杂着更多的悲壮和无奈，无论是统治者或是被统治者，在富贵而寂寞的大奥中都极其悲伤。

华の乱是此剧中最吸引我的曲子，也是从这首曲子，我开始了解到作曲家石田胜范。和其他的时代剧作曲不同，石田胜范在曲子中大量使用西洋乐器和西洋交响曲的方式，而这种"洋化"的作曲方式看似与身着和服的时代剧格格不入，但实际上效果极其震撼，在主旋律出来的一刹那，我瞬间感受到了魅惑与紧张感，感受到了身处大奥的危险重重，那些身着华贵和服的贵族，在那些微笑的面具后，都是一颗颗在岁月浸润下变得冷漠而狠毒的心。

映画大奥テーマ是另一首让我耳目一新的曲子，同样也是石田胜范的作品，曲风一如既往的华丽，大概是受了剧情的影响，我一听到主旋律就想起一大群身着华丽服装、妆容精美的贵妇人跟在将军身后行走在走廊间，旋律不知是以何种丝弦乐器弹奏，似琵琶透明细密，直让我想起"嘈嘈切切错杂弹"的形容。和服华贵雍容，此剧的一大看点便是服饰，色彩、头饰的搭配皆精美非常，又暗自表现着主人公的性格，如安子夫人的服饰多以暖色为主，突出她温婉的性格；右卫门的服饰以清雅为主，为表现其聪慧高雅；阿传夫人的服饰色彩搭配则故意较为俗艳触目，意在表现她出身卑微、审美水平较低等特点。

有人说《大奥》像是中国的宫斗剧，乍一看的确很像，都是围绕着少数几个男人的一大群女子之间的纷纷扰扰，但仔细看就会感受到两者之间的差异，即着重点的不同——以《甄嬛传》为代表的中国宫斗剧意在一个"斗"，主要是表现你死我活尔虞我诈，情节跌宕起伏如同悬疑剧，而《大奥》系列，虽也有女人间的"斗"，却不是主旨，剧情和手段较之中国的宫斗剧差得太多，它侧重表现了人生的悲伤和命运的诡变，女子无法主宰自己的命运，也面临着太多太多的磨难和痛苦。而在这险恶的大奥中如何面对自己的内心，是随波逐流逐渐变得冷漠，还是坚守真心？

《昼颜》作为在中国最热门的日剧之一，在影响力和影响范围上都获得了巨大的关注，同时，以出轨为题材的敏感性也引起了许多探讨。和"两个金光闪闪的人之间的普通爱情"韩剧相比，日剧更像是"两个普通人之间金光闪闪的感情"。作为一部家庭伦理剧，《昼颜》的关注点集中在了人们婚后的生活，四个不同的家庭，两位女主人公在命运的安排下纷纷遇见了生命中的异样艳色，出轨给平淡枯燥的生活带来了短暂而刺激的欢愉，而欢愉过后，生活该如何继续？若是放不开手，那会伤害更多的人，而若是紧紧抓住爱情，又有谁能够保证这爱情不会褪色？

都说《昼颜》是一部"把出轨拍得像初恋"的神剧，从技术层面上来看，无论是节奏的把控、镜头的表现力、剪辑的别出心裁和演员出色的演绎，都堪称一流，出轨的二人之间小心翼翼又大胆热烈的爱情刻画得极为唯美，唯美得如同初恋。而若是此剧只着眼于出轨的欢愉，那就太肤浅了，前几集中的欢愉过后，后面以多集的剧情来表现事态的复杂性，真实再现了争吵、权衡与痛苦思索，选择在自己的手里，可前途却并非光明。结局很暧昧，不同的家庭之间选择不同，而我始终认为这部剧如同渡边淳一《爱的流放地》一样，最珍贵的部分绝非前面极致的欢愉，而是后面部分不厌其烦的关于伦理的思索和对灰暗生活的刻画，我甚至觉得这是一部"反出轨"的剧。

《昼颜》有极强的感染性，除了上述一流的制作外，妙不可言的音乐也使此剧显得更加光彩夺目。这部剧中的音乐甚至远超过一些"神剧背景音乐"，而更像是主角，音乐和剧情处在平等的地位，互相影响，绝非普通剧中音乐只处于"背景"地位。在女主角一开始的心理刻画过程中，《他人关系》这首纯音乐往往使人热血沸腾，面对诱惑，原本的生活显得枯燥乏味，这首曲子节奏感极强，具有排山倒海的震撼力，当女主角毅然选择去见对方时，配着这首音乐行走在路上的女子，感觉连呼吸都充满着勇气和爆发力。

在我疲惫的时候经常会听《他人关系》这首曲子，或是做一些枯燥的事如洗衣服拖地时，总觉得可以从这首曲子中得到无尽的狂放力量，就像吸烟的人有烟瘾，提不起劲儿来一支，立刻像打了鸡血似的精神百倍，上一首具有同样"疗效"的曲子还是 YMO 乐队的 *Behind The Mask*。

Never Again 也是《昼颜》中的主题曲之一，虽然是英文歌但东方气息浓厚，剧中配这首曲子时往往搭配以女主角奋力踩着自行车飞驰在夕阳余晖中的场景，让人竟不知道该评价以悲壮还是灿烂，或许在《昼颜》中，女主角心中的纠结和选择就像背景的夕阳，灿烂而短暂，故而悲壮万分。

歌词很美，也很悲伤：

Never again

再也不会

I'll find someone else

遇到如你一般的人

Please be mine till the end

请求你伴我至终点

Words come along to despair

言语终究只余无望

And I am here craving

我却仍在此处热盼

For your love to save me

由你的爱来拯救我

……

在细看这首曲子的歌词时，我恍惚觉得和 *Young and Bautiful* 这首歌有异曲同工之妙，后者是电影《了不起的盖茨比》中音乐，旋律是灰色而闪烁的幻灭感，浓重得如同雾霭，如同来自冥界：

Will you still love me when I'm no longer young and beautiful

当我青春不再，容颜已老，你是否还会爱我

Will you still love me when I got nothing but my aching soul

当我一无所有，只留悲伤，你是否还会爱我

I know you will，I know you will

我知道你会，你会

I know that you will

你会的

……

多么悲伤的歌，一个在说着"再也不会遇到如你一般的人"，一个是"我知道你会，我知道你会"一遍遍地，但如同呓语，也如同喃喃自语——"我再也遇不到你了" 和 "我知道你不会了，我知道你不会再爱我了"。

真的是很神奇啊。

《迷离三角》是 2009 年的一部悬疑剧，这部剧的剧情有些拖沓，人物塑造方面也颇多缺失，但优秀的音乐在一定程度上弥补了一些缺点，甚至可以让有些苍白的剧情看起来如同后现代诗歌一样的迷离。

《迷离三角》中的音乐由泽野弘之和林友树创作，作为经常拿来做对比的两位作曲家，他们的风格特点在这部剧的音乐中表现得淋漓尽致，泽野弘之的狂放和热情，带有不甘向命运妥协的战斗气息，有点像 "坏孩子"，而林友树是忧伤和诗性的，更像是一位饱经沧桑的说书人，在某一天夕阳西下时，手拿琵琶向着听众娓娓道来。Cocoon 便是这样的一首曲子。

Cocoon 是林友树的成名作之一，虽说在这个时代 "一曲封神" 的例子数不胜数，但林友树在此之后的音乐风格变化颇大，Legal High 的音乐也出自他之手。但如此曲一样洋溢着少年的真诚和忧伤的作品反而不多。我难以想象在创作此曲时林友树年仅 29 岁。

没有过多的修饰和伴奏，简单的演奏，此曲胜在 "真诚"，就像剧中男主角永远无法忘记被谋杀的初恋少女，尽管过了二十五年，伤痛不曾远去。所以男主角想尽办法寻找真相，无非是一颗 "赤子之心"。Cocoon 音乐和缓轻盈，仿佛夕阳时分的河滩，衰草绵绵风飒飒，那是隔着时光也无法忘记的记忆。

　　小学初中高中语文课本中总有《论语》选段，记忆中同学们摇头晃脑死记硬背的样子与《从百草园到三味书屋》中描绘的并无二致，像极了顽固腐朽的老夫子。或许是古文晦涩难懂，且选段过于陈旧而失去新鲜感。即使是《左传》《史记》等故事性选段，也会因为无头无尾，或是注释太多而每每令人头疼。

　　等到长大，对中国哲学产生兴趣，反复的阅读引发了更深的思考，发现让人提不起兴趣的老夫子并不是原来就这样，盲人摸象的那位盲人若是突然恢复光明，见到完整大象后定会对自己的狭隘感到羞愧，我亦然。教科书限制住我们的不仅仅是文本，还有视角和眼界。初读完《论语》的那种震撼和感动令自己都惊讶。孔子的形象在字里行间变得丰满鲜活起来，教诲时耐心而生动，做人严谨而端庄，而和弟子、车夫、行人的对话常有妙语，不失生动和情趣。尤其是子见南子，子路不喜时，孔子矢之并说："予所否者，天厌之！天厌之！"实在可爱。教学书上的节选段落，上下皆空，无法连接成一个整体理解，更别说这一片段在某一故事中微妙的衔接或转折作用。这些文本之外的大环境，远非通过教科书上简单冰冷的注释可以体会到的。

　　孔子受周礼影响很大。《论语》中多次写到孔子对周礼的看法和对"仁"

的要求。而在当时，"郁郁乎文哉！吾从周"的追求受到了隐者的讥笑，野人的围攻甚至常常性命难保。孔子终极一生追求的文化苦旅，"知其不可为而为之"的积极入世思想非常重要。《论语》是语录体式，但其内容极其博大精深，主要提出了孔子（即儒家）在行政、教育等多个方面思想的核心，文本本身的文学性也值得深思。孔子的弟子撰写这本书，并没有将孔子美化成完人，而是实事求是记载言行，孔子游学时遇到的误解和蔑视，也被一一记录。楚国狂人陆通笑而讥之时，门人误解时，我们能感受到乱世中儒家对君子追求的不易。在那个兵荒马乱的时代，小众思想的墨家大受欢迎，隐居的道家主张追求心的宁静，法家重视法和术，儒家的德政显得格格不入，而儒家的选择中也并不是一味地入世，反之，孔子主张的进退有度显得明智而积极。穷则修身，不失为乱世中一种最"中庸"的处事方式。

比《论语》成书稍晚的《左传》是一部纵横瑰丽的编年体史书。我们可以看到，《左传》一书的思想倾向总体属于儒家。对德政的赞扬，对民本的重视，以及对血缘宗法的极力维护皆属于儒家，对"礼"的重视更是成了评价一个人的标准。季札观乐和对晋文公的赞赏也可看出《左传》的取向。

着重要提的是，在继承《论语》思想的同时，《左传》作为史书在文学上的价值已经远远超过同时期的《春秋》《公羊》。战争的描写尤其出彩，通常不直接描写，而是通过战争前后人物言语来展现战争的起因、酝酿过程，寥寥数行已是惊心动魄。其次是生动形象的人物描写。或许是受儒家民本思想的影响，书中对人的作用极度重视，值得一提的是和后世的《史记》不同，《左传》在同一文中写人物通常只写一面或记录一个片段，而在其他的文章中予以补充和润饰，显得参差对照，层次感强。对人物的心理动作神态描写尤其生动，笔者第一次读时，读至《宋及楚平》中齐国杀了申舟后，楚庄王"投袂而起，屦及于窒皇，剑及于寝门之外，车及于蒲胥之市"，不由得咬指拍案。同时，《左传》中对外交辞令的描写也是精彩纷呈，展示了恢弘的雄辩风采。受儒家影响，《左传》对大国侵占小国持反对态度，故对小国面临困难时挺身而出的雄辩家持肯定态度。《左传》中多篇辩论，特点是善于运用典籍来从道德上民声上给统治者增加压力，另一显著特点是善于换位思考来说服对方，这一点至今仍有借鉴作用。《烛之武退秦师》《公之奇谏假道》等篇章中皆有精辟的解释。

儒家十三经对后世影响极其深远，以《论语》和《左传》为例来说，笔者认为《论语》是规定人的品行，将"忠恕""仁爱""仁政"思想贯彻后代的典范，并且为后代的史书提供了一套评价标准，这点在《左传》中得到了很好的体现，不论是"贱妨贵，少陵长，远间亲，新间旧，小加大，淫破义"，还是对于"君义，臣行，父慈，子孝，兄爱，弟敬"的提倡，都可以明显看出其自有的一套作为标准的伦理规范。

而《左传》对后世的影响不仅仅于此，《左传》以其瑰丽宏大又不失简约的笔触提升了史料的文学价值，并逐渐影响了后世的文风及审美。笔者认为，六朝时期的诗歌运动，"永明体"倡导的短诗也是从中汲取了精华。当人们在诗歌的道路上苦苦寻找新道路时，蓦然回首，千百年前的人们竟然早已发现了绝佳的手法——非以大显大，而是相反，以小见大，以精显博。以谢朓为例，谢朓诗集中大都是四句到十句，六朝诗歌的趋简化，给后世的文学创作提供了绝佳的精简榜样。这种手法的演变甚至影响到了现当代的小说家们，如张爱玲、蒋晓云等。

张爱玲、蒋晓云二位作家皆未受五四新文化运动的影响，文风仍是偏向于旧文学，以张爱玲为例，小说中人物的语言描写和心理描写占的比重最大，极重视人物的刻画，但力求白描，皆是以寥寥数语白描勾勒人物事件，简洁却惊艳。同时二位作家还善于使用参差对照的手法，以不同的方向和平面来写同一时空的事件，营造出多方位多尺度的立体感，多方面反映事件和人物，极其巧妙地把事件或人物写得丰满生动。二位作家的作品都涉及战争描写，但是都不直接描写战争的经过，而是都善于通过细节描写或人物描写来让读者感受到战争的真切，如《倾城之恋》中，战争后有这样一段描写："有一天，他们在街上买菜，碰着萨黑荑妮公主，萨黑荑妮黄着脸，把蓬松的辫子胡乱编了个麻花髻……她有许久没有吃饱过……然而他们的饭菜毕竟是很寒苦，而且柳原声明他们也难得吃一次蚝汤。萨黑荑妮从此没有再上门过。"战争时期的生死、饥寒、人与人之间的依靠和淡漠如现眼前。即使是复杂宏大的事件，也能准确找出其中的重点。而人物的言辞则是极具个人特色，当然不排除作者受《红楼梦》等小说的影响，但就其历史发展来看，仍然是与《左传》这样的史传一脉相承的。